CB136899

Bruno Nogueira

Grito Distante

KOTTER
EDITORIAL

Copyright ©Bruno Nogueira, 2023.

Direitos reservados e protegidos pela lei 9.610 de 19.02.1998.
É proibida a reprodução total ou parcial sem autorização, por escrito, da editora.

Coordenação Editorial: Sálvio Nienkötter
Editor-Executivo: João Lucas Dusi
Editor-adjunto: Daniel Osiecki, Claudecir de Oliveira Rocha
Capa: Jussara Salazar
Foto de capa: Mídia Ninja
Ilustração do miolo: Edson Fernandes
Design editorial: Carlos Garcia Fernandes
Produção: Cristiane Nienkötter
Revisão e preparação de originais: O Autor

Dados Internacionais de Catalogação na Publicação (CIP)
Angelica Ilacqua CRB-8/7057

Nogueira, Bruno
Grito distante / Bruno Nogueira. -- Curitiba : Kotter Editorial, 2023.
192 p.

ISBN 978-65-5361-252-5

1. Ficção brasileira 2. Pandemia – Ficção I. Título
CDD B869.3

23-6439

KOTTER EDITORIAL

Kotter Editorial Ltda.
Rua das Cerejeiras, 194
CEP: 82700-510 - Curitiba - PR
Tel. + 55(41) 3585-5161
www.kotter.com.br | contato@kotter.com.br

Feito o depósito legal
1ª Edição
2023

Bruno Nogueira

Grito Distante

Para Marina, pelas leituras e pelo amor.

Agradecimentos

A Edson Fernandes, pela parceria, e a João Marcos, pela disposição de sempre ler minhas loucuras.

Remembering something is an act of interpretation.
Abigail Thorn

SISTEMA DE PONTUAÇÃO

As afirmações e perguntas abaixo não têm uma resposta certa e não estão explícitas no livro. Algumas interpretações podem ser "mais corretas" que outras, ou seja, mais verdadeiras considerando o mundo que o livro cria e o mundo em que ele foi criado, mas não existe uma verdade concreta, definitiva. Você ganha os pontos por considerar seriamente cada questão, sem esquiva. As respostas "qualquer um" ou "não dá pra saber" não serão aceitas nas perguntas sobre as personagens.

1 – Cada página lida

+1pt

2 – Qual das personagens foi parada mais vezes pela polícia ao longo da vida? Por quê?

+ 50 pts

3 – Duas personagens já foram ofendidas abertamente nas ruas graças às roupas que estavam usando. Quais?

+50 pts

4 – Alguém está caminhando à noite numa rua deserta mas razoavelmente iluminada, no centro de uma capital. A caminhada é curta: basta chegar até o carro, estacionado perto da esquina seguinte. À medida em que Alguém se aproxima do carro, um homem negro, até então sentado no meio fio, se levanta. Ele está cerca de dez metros à frente. Suas roupas não deixam claro se ele é um morador de rua. Ele pede ajuda numa voz limpa e firme, coloca um por favor ao final da frase, mas não fica claro qual é a natureza dessa ajuda,

se quer dinheiro, carona, alguma outra coisa. Como as personagens desse romance reagiriam a essa situação? Com qual delas você se identifica nesse sentido?

+200 pts

5 – O mais importante é o objetivo ou a jornada?[1]

+1 pt

6 – Refletir sobre a relação entre a pergunta acima, esse sistema de pontuação e os temas discutidos no livro.

+100 pts

7 – Escrever/fazer anotações no livro.[2]

+100 pts

8 – Fotografar essa página e postá-la em qualquer rede social.

-50 pts

9 – Perguntar diretamente para mim a resposta de alguma dessas perguntas.

-500 pts

---

1 Sua tendência natural vai ser responder "a jornada". Isso é um clichê gigantesco e é improvável que realmente se aplique no seu caso. Algumas pessoas vivem segundo essa ideia, mas é provável que você sacrifique muita coisa na sua vida para atingir objetivos hiperespecíficos daqui a 20 anos. A ideia aqui é você pensar de fato nisso, nas coisas pelas quais você sacrifica o tempo que tem nesse mundo — ou no privilégio gigantesco que é ter liberdade de escolha. Só assim você ganha esse ponto (P.S.: Essa pergunta só vale um ponto porque a chance de você mentir para si é alta, e eu não tenho nenhum motivo para confiar em você).

2 Se o livro for de biblioteca, emprestado, ou você pretender/precisar vendê-lo depois, acrescente esses pontos sem precisar escrever nele.

Mas quando o sol começa a vestir de amarelo o metal branco da janela, uma lembrança agradável atravessa essa insuportável sensação de perda: um festival de música que visitei em meus primeiros anos em Curitiba, com um grupo de amigos que nunca voltou a se reunir. A insônia me faz transitar entre momentos discretos e breves de sono e a surpresa com os saltos que o relógio dá, misturando cenas de sonho às memórias que não querem dar descanso. Me deixo levar pela lembrança agradável antes que algo pior a substitua. Sei que o festival aconteceu no gramado extenso atrás do MON, apelidado Museu do Olho graças à enorme construção de Oscar Niemayer na entrada. Eu e Bruce chegamos primeiro, antes de os shows começarem, mas metade do gramado já estava ocupada. Eu levava na mochila lençol para picnic, alguma comida, água, cachaça e outros apetrechos para caipirinha. Ele, que não bebia, trazia só uma bolsa pequena e uma garrafa térmica enorme para fazer mate — coisa que o mineiro em mim achava inconcebível num evento daqueles, num dia quente e no meio da tarde. O palco, numa das extremidades do gramado, intercalava músicas com o nome dos patrocinadores do evento enquanto não começavam os shows. Andamos, nos desviando das pessoas e seus cachorros soltos, e estendemos o lençol na lateral direita do gramado. Dali conseguíamos ver as esculturas que ficavam ao ar livre e ficávamos perto dos quiosques onde se podia comprar bebida, mas longe o suficiente do palco para conseguirmos conversar. Maitê e Rodrigo chegaram pouco depois, ela encantada ao ver meu lençol — o banco que patrocinava o evento oferecia um tipo de pano sintético com propaganda estampada, mas ela não queria de modo algum recorrer a ele. Bolou um baseado enquanto Rodrigo tirava o primeiro vinho e um saca-rolhas de uma sacola. Raul chegou pouco depois, acompanhado de Lucan, que me abraçou entusiasmado.

Eu *preciso* te contar minha ideia pro vídeo novo.

Mas Raul, dando as risadinhas discretas que dava:

Meu bem, espera, senta. Deixa o menino respirar.

E rimos também. Ligamos para Ricardo e Carol, únicos que faltavam e que podiam trazer a cuia que Bruce conseguiu esquecer. Quando chegaram com ela, meia hora depois, o êxtase no rosto dele foi impagável, e tirou da mochila um saco com tanto mate que Ricardo se arregalou. Bruce, a princípio, estava a meu lado, mas Carol exigia que Ricardo e Maitê ficassem distantes um do outro, e ele foi até lá, dividir com Ricardo o mate. Ricardo sempre fazia claro esforço para falar tão alto e grave como podia, mas sentado do outro lado do lençol eu mal ouvia suas palavras através da música, e acabava conversando só com os mais próximos, ouvindo Lucan contar de seu próximo vídeo. Pepeu Gomes tocava, me impressionando — eu nunca tinha ouvido e não imaginava, mas Rodrigo e Ricardo acompanhavam extasiados. No lençol se espalhavam as cervejas artesanais de Raul e Lucan num miniengradado próprio, os vinhos de Rodrigo, o whisky de Ricardo e Carol, a cachaça barata e as caipirinhas que Maitê dividiu comigo, os apetrechos do mate de Bruce. Vez e outra, Maitê me chamava à fila de um quiosque, onde me comprava uma cerveja como agradecimento pela cachaça, mesmo que a cerveja ali fosse tão cara que duas já superavam o preço da cachaça de supermercado. Bruce às vezes nos acompanhava à fila, cuia na mão, olhando para o lençol em que os outros conversavam.

Esse povo de vocês é muito estranho. Consegue nem dividir a mesma bebida.

Isso é excesso de dinheiro.

Bruce olhou para ela com curiosidade.

Eu achava que tu também tinha.

Eu? Por quê? Nem perto.

Não sei. Tu lê tanta coisa. Trabalha onde?

Agora não tô trabalhando.

Ele sorriu.

Eu moro com meu pai. Vida simples.

Ela acrescentou, olhando para o grupo sentado:

E ninguém ali tem tanta grana assim, fora o Ricardo.

Pode até ser... mas se gritar "imposto sobre fortuna" sai todo mundo correndo.

Maitê riu.

Mas na boa, tu não entende que eles se sintam assim? Eles podem não ser milionários, mas a diferença entre o que eles ganham e um salário-mínimo é enorme. Soma isso com o ego da classe média e eles acabam achando que tem fortuna.

E tu também, sei não, todo de Armani e Calvin Klein e nãoseiquêmais...

Ah, isso era do meu pai.

Mnh, olha quem tem o papai rico, então! Alerta de hipocrisia, logo aqui?

Bruce não conseguiu segurar um sorriso.

Realmente, ele é rico e gosta de mostrar... mas compartilhar não é bem o forte.

Maitê não perguntou mais *O pai dele deve ser branco, que essas cores de camisa não combinam de jeito nenhum*, nem Bruce, que normalmente falava tanto, pareceu interessado em continuar o assunto. *Não peço ajuda tem muito tempo. Isso é uma promessa que eu fiz pra mim mesmo: nunca mais implorar migalha. Porque essa é a sensação, de que eu preciso me humilhar. Isso eu não vou mais fazer. Acho um agiota antes de pedir qualquer coisa pra ele* Felizmente, ali, no barulho, na festa, era mais fácil se distrair que levar uma conversa até o fim. Eu e Maitê começamos a falar sobre as cervejas, a cachaça, o gelo e as caipirinhas, quanto cada coisa custava. Ela queria me pagar mais cervejas "pelo trabalho", e eu dizia que não, não precisava, mas acabava aceitando. Quando Hermeto Pascoal começou a tocar, alguns baseados tinham girado, garrafas tinham sido esvaziadas e Rodrigo tinha cheirado a coca que Raul levou. Contei do uber com quem passei pelo Olho a primeira vez e me disse que hoje sim, o museu era limpo, que antigamente o gramado ficava cheio de drogado, mas a polícia botou todo mundo pra correr. Alguns riram — não entendi por que e troquei um olhar perdido com Rodrigo, que também parecia não entender. O baseado continuava passando, o cheiro misturado ao de outros acendidos ao redor. Eu aceitava, me sentido mais afetado pela pinga que por ele, mas preferia não tentar coca ou outra coisa mais forte. Àquela hora, já sentia como se fosse meu o olho gigante à entrada do museu, sentia que através dele nos observava. Era como se tivesse um cérebro magnético e puxasse de algum jeito as ideias tantas daquele bando desconexo de gente, Ricardo e Maitê infinitamente opostos, Bruce encaixando nos mais improváveis lugares menções a Muhammad Ali ou Malcolm X ou Bruce Lee, Lucan discorrendo ora para mim ora para Raul sobre suas interpretações do novo filme dos Vingadores, Maitê falando do MTST elétrica de coca para um Rodrigo que simplesmente encarava o vento, o som variante do Hermeto, a multidão drogada no gramado do museu, era um quase afogamento no caos e me peguei de repente rindo, rindo feito maluco, incessante, me apoiei no Rodrigo e de um gesto meu ele entendeu completamente e começou a rir comigo, acho que pelos mesmos motivos, enquanto os outros riam de nós ou acompanhavam movidos pela atmosfera. Quando paramos, a música tinha também parado alguns segundos: fim do show. Depois, se converteu em agradecimentos ao patrocinador seguidos de música tocada mais baixa para nos expulsar com suavidade. O público se levantava, chamava os cachorros até então soltos, colocava em bolsas e mochilas objetos toalhas lençóis, e na visibilidade parca do fim do dia parecia que a própria estrutura do mundo se movimentava. Me levantei, buscar cerveja uma última vez, já bem alterado. Bruce e Maitê me acompanharam novamente, e tropeçávamos nas pessoas objetos animais menos pela bebida que pelo caos. Chegamos na barraca já sem fila, e se de início quase perdi de vista o grupo naquela geografia móvel, me desencontrei de vez quando senti que Maitê me puxava pelo pulso até um canto escuro perto do palco, onde começou a me agarrar num primeiro beijo intenso, a mão descendo de imediato, se enfiando em minha calça, me masturbando, minhas mãos também agindo por instinto, os dois olhando ao redor outra e outra vez como se discretos, antes que encontrássemos uma passagem para a parte de trás do palco, vazia, e eu a encostasse na estrutura de metal e metesse ali mesmo, sem camisinha, até gozar, sem ter a menor ideia de quanto tempo aquilo levou, sem saber se ela tomava pílula, tinha diu, sem saber como ela e Rodrigo se protegiam quando os dois transavam, ela dando um último beijo em mim, um último aperto no meu pau com um sorrisinho, e saindo, dizendo que era uma idiota, que agora ia ficar escorrendo o resto da noite, me deixando uns segundos como paralisado até que um funcionário ou membro da banda descendo do palco viu aquele moleque de pé com o pau de fora na beira do palco e gritou, e eu saí ajeitando a calça, ainda um pouco em transe. Da primeira vez, foi nesse ponto que o sonho emudeceu. Hoje, houve uma diferença: quando saí de trás do palco, não existiam mais palco ou museu ou pessoas: só estava Rodrigo, seu corpo caído numa cadeira em meio ao gramado, numa posição impossível. Sua pele tinha um tom esverdeado estranho e os olhos refletiam uma lua enorme de luz prateada e fria. Acordei quando ele gritou.

This is the place where he inserted the blade

Faz algumas horas, mas ainda estou deitado. Babi, que não morava na cidade à época do festival, está de plantão. Gabo, que acordou comigo, voltou a dormir e a se levantar algumas vezes, primeiro no travesseiro dela, depois encostado em mim, procurando calor. Inútil tentar dormir mais. Apesar do frio, visto short e camiseta e busco no armário o tênis novo que não devia ter comprado. Tomo café na cozinha, reassistindo a um vídeo com dicas de alimentação que já conheço, e no meio do vídeo Gabo aparece, pula no meu colo antes que eu possa reagir e quase me derruba o copo. Me adapto à presença dele e assisto torto ao próximo vídeo, sobre o melhor jeito de respirar na corrida, sobre postura e pisada. Nunca tive problemas com isso e já vi cada vídeo dez vezes, mas me ocupam a cabeça e desobrigam de pensar no sonho. Levanto com um Gabo ronronante no colo e o arremesso, fazendo com que voe na câmara lenta dos gatos e caia no sofá, cujos braços já começa a destruir nas minhas ausências; não sei como o Rodrigo fazia. Lhe coloco comida e água e saio de casa. No espelho do elevador, meu rosto cansado denuncia a insônia. Os prédios frente ao meu não deixam que o sol me aqueça, mas quero que ao menos por alguns segundos o vento frio me acorde, machuque, conforme ando devagar até a luz que cai na esquina. O toque quente agrada e me sinto bem, apesar da rua cheia de gente caminhado rumo a seus trabalhos e dos carros que incomodam a respiração. Sei que treino intenso em dia mal dormido é má ideia, mas se não conseguir os 21 km que quero, o corpo castigado talvez durma melhor. Me alongo rápido, de pé, apoiado numa pequena árvore próxima, e abro o strava no celular. Respiro fundo, como quem começa a meditar, e vou. Tento não levantar o calcanhar demais, sincronizar o movimento dos pulmões ao choque das solas no chão, como ensina o youtube. Escolhi o caminho ontem, pelo maps, e se forçado a mudar o strava indicará a distância percorrida. Sigo a avenida rumo ao centro, passo pelo Cervantes, pelo Goethe, pela Aliança Francesa, cruzo a avenida, passo entre o míssil e o avião da FAB que decoram a Praça do Expedicionário. Morando aqui perto vejo sempre as famílias que vêm visitar, os pais que trazem seus filhos para tirar fotos com o tanque, as armas, as bombas, acompanhados por esposas entediadas. A maioria dos meninos se impressiona e a maioria dos pais paga de conhecedor, vomita curiosidades sobre as armas. Sinto que fazem cerca de dez graus, mas vejo um menino na praça carregando blusa de frio na mão em vez de vesti-la. Anda sem parar pela praça, se agita, busca o sol. A mãe tenta convencê-lo a vestir a blusa, mas ele diz que não está com frio: quer parecer durão. Me lembra eu mesmo, na infância, minhas tentativas de parecer macho tirando o casaco colocado pela Mãe assim que pisava na escola e batendo queixo a partir daí. Não que fizesse frio em Lagoa da Prata, cidade pequena de Minas onde nasci, mas eu era acostumado ao calor e qualquer fresco parecia pior que era. Lá não existia inverno além de um ou dois dias no parque de exposições ou em bairro e outro às margens da cidade, incluindo o bairro onde eu morava. Na época, a rua da casa onde a Mãe ainda mora era de terra íngreme, e descia rumo a um corgo que se cercava de névoa nas noites de julho, mas durante o dia nunca era tão frio que impedisse de brincar. A gente jogava bola na rua, no portão da minha casa ou da de Rodrigo, em frente. Com o inclinado da rua e a gravidade, bastava chute ou outro e a bola fugia rumo ao vale. A regra era: Quem Chutou Pega, e o responsável descia correndo rua abaixo, mais rápido que seguro, tentando alcançar a bola antes que atravessasse o pouco mato que margeava o corgo, raramente conseguindo. Não que incomodasse entrar lá, que o corgo ainda não era esgoto e tinha um cheiro bom de terra e grama na chuva, e de tão pequeno e tão pouca água mal arrastava a bola que caísse. Depois de buscar, o pé-torto subia o íngreme correndo, sujo de barro até o calcanhar, trazendo às vezes um pouco nas mãos para jogar nos outros, e o jogo seguia. O corgo, pouco mais fundo que éramos altos e atravessado por pontezinha de pau precária e pequena, era também lugar de brincadeira. Eu não gostava de brincar com os sapos ou os peixes diminutos (girinos?) *Ai, o Treino tem nojinho* mas era bom sentir a água, vestir aura de explorador e seguir lá dentro até cansar. Gostava também do barro, com que me fazia arquiteto de castelos nobres ou canhoneiro de batalhas gloriosas. Lagoa da Prata, no tempo, acabava ali, o que denunciavam o corgo e o matagal na esquina, outro lugar onde a bola não raro voava sem intenção. Ali, ninguém queria buscar, naquele mato denso, áspero, cheio de carrapicho e sem muita árvore. Um dos meninos, querendo pagar de corajoso, quis um dia entrar mais fundo que os outros no mato e voltou berrando — picada de cobra. Não era venenosa, a ferida não foi grave, mas ele berrou de dor, chorou, foi levado pelos pais para o hospital, e o mato ganhou dentes de medo. Daí em diante só se atravessava em caso de gravidade: se a bola caísse lá ou fosse tempo de apanhar mamonas para brincar de guerrinha. De noite, então, era assustador: lugar de onde vinham os bichos. *Diz que lá no fundo, bem lá longe, tem umas cobras, umas daquela que te engole inteiro, que te aperta até quebrar e depois te engole e você fica assim que nem um calombo na fita dela.* Hoje a cidade vai além, quase toda asfaltada. Na quadra da casa antiga, mato nem corgo existem mais, e a casa da Mãe mal parece estar no mesmo lugar, em frente à casa onde morou Rodrigo. Rodrigo: amigo de útero. Nossas casas se olhavam, nossas mães eram amigas e engravidaram com um mês de diferença. Quando a Mãe sentiu a bolsa romper, telefonou para a Marta, mãe de Rodrigo, conforme combinado, e ela veio correndo enquanto o Venâncio, seu marido, tirava o carro da garagem. No início do caminho, na tensão, a bolsa da Marta também rompeu. Acho que o nascimento meu e dele foi sempre milagre para mim, nossas mães seguindo assustadas, gemendo juntas no banco de trás, uma dando força à outra, uma apertando tão forte o braço da outra que ganharam hematomas irmãos, o Venâncio dirigindo, forçando no rosto um controle que não tinha, proibindo o desespero de chegar até os olhos (ou pelo menos era essa a expressão que faria sentido nele). Os três entraram no hospital, as duas seguiram para salas de cirurgia e deram à luz ao som de fogos de artifício. Rodrigo nasceu prematuro, 31 de dezembro; eu nasci a termo, 1 de janeiro. Ele, por cinco minutos, era um ano mais velho que eu. Não sei se por isso nasceu comigo a sensação de que ele sempre esteve lá, parte inevitável do mundo, mais maduro e antigo que eu, mesmo que o visse também como meu gêmeo, e supusesse em nós a conexão que dizem que os gêmeos têm. Nas minhas primeiras lembranças estamos brincando juntos, na minha casa, na dele, na rua, na escola. Todo dia, mochila nas costas, cabelo penteado à lambida pela Mãe, eu cruzava a rua e chamava à campainha do Rodrigo para que o Venâncio nos levasse à escola, os dois sempre esperando prontos, impecáveis. Hoje, olhando de um tempo distante, imagino o Venâncio na sala, corrigindo a postura do Rodrigo, encontrando algo que criticar a cada 30 segundos, calado no resto do tempo, e o Rodrigo torcendo para eu chegar logo. Entrávamos no banco de trás e Venâncio virava a cabeça com um olhar que dizia *Não é possível que eu preciso* ***pedir*** *para vocês colocarem o cinto.* Pai e filho não eram próximos, e eu sentia Rodrigo quase tão desconfortável quanto eu, mas não conheci meu pai nem tinha com outro amigo essa intimidade, e me faltava comparação. Pensava se era assim mesmo, se talvez, quando eu não estava olhando, Venâncio era mais carinhoso, como nos filmes e séries: sério, responsável, distante, mas em algum momento mostrava amor e preocupação pelo filho, quase nunca à vista de alguém. Em menino eu não sabia a bobagem dessas ideias, mas algum sentimento dizia que não era assim a relação dos dois. Venâncio fazia as últimas correções na postura do Rodrigo, no alisamento da roupa e no cabelo que, Venâncio fazia questão, Marta penteava igual ao dele, mesmo o cabelo do Rodrigo sendo diferente — parecia o carinho que se dá a um cachorro em concurso de beleza. O próprio Venâncio levava o cabelo engomado, tinha um clipe no cinto de segurança que o impedia de amassar a camisa social passada perfeita, e pendurava um cabide no banco de trás do carro, com o paletó em que a gente aprendeu rápido a não encostar. *Eu sonhava muito com ele, mas me lembro bem de um único sonho. Eu estava na esquina de casa — Você se lembra daquele matagal, caro? Foi lá. Mas no sonho ele ocupava as duas ruas, subia do vale onde existia o córrego e chegava até a esquina de baixo. Sonhei no fim do colegial, mas dentro do sonho* *eu tinha 10 anos. Meu pai dirigia, seguindo pela rua que morria no mato, e eu seguia de bicicleta ao lado do carro, pedalando forte para acompanhar. Eu não o via bem. Parecia uma silhueta, um oco, um buraco no mundo, mas de algum jeito eu sabia que era ele, adivinhava na silhueta o formato do terno. De início ele estava devagar, mas aos poucos aumentou a velocidade. Eu sentia que não podia deixar que ele se afastasse e pedalava cada vez mais forte, mas aos poucos a distância aumentou e quando cheguei na esquina de casa e tentei fazer a curva o mais rápido que podia eu derrapei, caí na terra batida ralando a pele das pernas, bati o rosto no chão, senti nas gengivas a textura da terra que subia em poeira vermelha e com aquele pó subiu o medo, um medo absurdo, debilitante, mas meu pai continuou dirigindo, e eu gritava e gritava mas o portão continuava se fechando atrás do carro na garagem, e assim que ele saiu de vista e o portão se fechou por completo saiu do matagal um homem alto, magro, encurvado, tão branco que se via as veias azuis pela pele translúcida, uma faca gigantesca na mão e olhos maníacos arregalados injetados e veio na minha direção, e agora mais que nunca eu tentava gritar mas não saía nada, estava emudecido, tentava me levantar mas as pernas não funcionavam e eu olhava para o portão que continuava fechado enquanto o estranho se aproximava e queria levantar os braços para me proteger mas não conseguia e o homem levantou a mão e eu vi claramente a faca descendo e* — mas a gente tinha oito anos. Mesmo naquele breve caminho, na sensação de punho fechado do carro do Venâncio, brincávamos gracinhas silenciosas. Tentar esconder as brincadeiras era o ato mudo de grandes espiões, e fazíamos uma cara séria, fingida, segurando o riso quando o Venâncio olhava pelo retrovisor à cata de mal comportamento. Desembarcávamos rindo depois de uma despedida em que Venâncio dava no Rodrigo beijo tão protocolar que era estranho, mas Rodrigo era acostumado. A cidade tinha duas escolas, e era normal estudar na mais próxima de casa. Encontrávamos lá a vizinhança toda, mais os filhos de alguns amigos dos pais, conforme entrávamos pelo corredor que margeava a quadra de educação física, conversando e brincando com os amigos no caminho. Sobrevivem na memória, principalmente, acontecimentos do recreio ou dos minutos de brincadeira antes do início das aulas. Eu, Rodrigo, Babi, Venâncio, Boi, outros meninos sem nome e outros tantos sem rosto brigando para ser o Goku em batalhas de poderes imaginários, às vezes nos batendo de brincadeira o suficiente para que algum professor interviesse, enquanto a maioria das meninas, sob recomendação das mães e supervisão das professoras, brincava de outras coisas que eu não lembro bem, com anéis e palmas e cordas. Brincávamos juntos, meninos e meninas, de polícia e ladrão, de castelos de areia e subidas no trepa-trepa, tudo isso repetido vezes e vezes em vários anos de escola. Às portas do Passeio Público um ciclista quase me atropela, passa gritando alguma coisa em espanhol, e me devolve à corrida. O sinal fecha, cruzo a rua, e me vejo na ciclovia ao redor do mesmo Passeio, que tem tanques de água enormes, cheios pela primeira vez em bom tempo, cuja água sombreada pelas árvores ao redor se agita no leve movimento dos peixes. Há um carrossel no parque, novíssimo, lustrado, ouro e vermelho, seu redor também vermelhado por flores recém-plantadas, cujo cheiro, esmagado pela fumaça, é bem menor que a cor. O movimento já voltou ao que era — a bem da verdade voltou antes que a pandemia acabasse. Não sei dizer se no interior do parque os vendedores de algodão doce, sorvete e similares estão, se são os mesmos. O sol, ainda oblíquo, se vê às esquinas; bate suave na grama recém-cortada e, no frio, é leve; não dependo da proteção das árvores. Cruzo com corredores, ciclistas, mas somos poucos a essa hora em que as calçadas e pontos estão cheios de uniformizados, um e outro de máscara. Não vejo as prostitutas que costumava ver do outro lado da rua a qualquer hora do dia, e sua ausência incomoda: qualquer silêncio me lembra a morte, as mortes. Talvez tenham sido relocadas quando revitalizaram o parque, Curitiba sendo Curitiba. Passo pela arcada de pedra que um dia marcou a entrada do Passeio Público, pego à direita, sigo a avenida. Me aproximando de um shopping, vejo as luzes que anunciam a proximidade do Natal, de meu aniversário, do ano novo. Simbolizam para mim outra fase — não porque me digam tanto, essas datas, mas nesse ano o encontro com a família terá mais peso graças às lembranças dos últimos dois. Vou fingir que estou bem para que a Mãe fique bem, e porque fingindo talvez me convença. Torcerei para o tio Cássio não beber demais, que se ouvir merda o mando tomar no cú, e não quero brigar — mas ele vai beber. Respiro fundo. Desvio dos que saem do shopping carregados de presentes e sigo. Estranho pensar no Natal de hoje em relação aos antigos, especialmente aos da infância. Me lembro especialmente do Natal de meus onze anos, farol de normalidade antes de um ano cheio de presas. Vô Bécha chegou mais cedo, as mãos cheias de chocolate como de costume, mas a Mãe deixou comer um só, não estragar o apetite. Sob minhas reclamações os chocolates foram guardados e a caixa enorme com o presente do Vô, que ele entregava a pedido de Papai Noel, foi para baixo da árvore, que ocupava um canto da sala pequena, ao lado do sofá. O Vô, apesar da idade, da frouxidão que já se via na pele e nos membros, era solícito, queria ajudar, enquanto eu, que a Mãe não deixava jogar videogame quando tinha visita, ajudava por falta do que fazer até que Carol chegasse. Melhor fazer alguma coisa que ficar preso na sala com o Vô, respondendo sem graça às perguntas de sempre sobre escola e amigos e namoradinhas. A Mãe me encarregou de levar a toalha de mesa, que estendi torta sobre as duas mesinhas de plástico branco da garagem e que o Vô ajeitou enquanto eu buscava na cozinha os copos, um em cada mão, e trazia. Enquanto arrumávamos tudo, liguei a TV num desses especiais de fim de ano, para ouvir as músicas. Eu buscava na cozinha e levava até a mesa na garagem as bandejas de tira-gosto que a Mãe montava aos poucos, depois do quê o Vô ajeitava mais bonito, e a garagem se enchia mais e mais daquele cheiro de delícia. Não tinha ainda acabado quando Tia B., Carol e Vó Bia chegaram, a noite começando a estrelar. Chegaram gritando saudades, a voz rápida, elétrica da Tia B., a Carol guardando o livro na mochila e me dando um abraço. A Vó, que sempre dormia em viagem, seja com janela aberta, conversa ou música, continuava roncando no banco do passageiro. Ela e o Vô não se falavam, mas ele sempre dava um sorrisinho quando ela chegava dormindo: lembrava das viagens que fizeram juntos. Tia B. chamava

Mãe, acorda!

E ela acordava, piscava perdida por alguns segundos, se localizava e descia do carro. Todo mundo se cumprimentava com abraço e beijo, exceto o Vô Bécha e a Vó, que trocavam só uma frase pequena. A cidade era segura e quente, e a Mãe deixava o portão aberto, decorando assim a garagem com as árvores da calçada, as casas vizinhas, e algumas estrelas. Com a Carol, que era três anos mais velha, me permitiam ajudar mais; sob a supervisão dela eu me orgulhava de carregar travessa de vidro ou panela que me pareciam pesadas, e ela achava graça. Terminávamos de arrumar a mesa depositando nela guardanapos, suportes de madeira para as panelas e terrinas pelando, flores decorativas, aqueles pratos usados só em dias especiais e os talheres bonitos. Depois, Vô Bécha se sentava na sala, ver TV. Tia B. ajudava na cozinha, e embora falassem pra Vó que não precisava, ela insistia, e ajudava também. Tarefas concluídas, eu e Carol recebíamos a vaga instrução de "Ir lá brincar", e por mais que me parecesse gigantesca a diferença entre os meus 11 anos e os 14 dela, nos dávamos bem. A distância entre ela e os adultos era maior que entre mim e ela, e as histórias mais banais do dia a dia de adolescente me deixavam arregalado: era uma vida muito mais próxima do adulto, mas não tão distante de mim nem recheada ainda pelo tédio dos pais. Ela morava em Curitiba, nenhum de seus amigos me conhecia, e qualquer um se abre mais quando percebe interesse genuíno em quem escuta — então ela se abria, me contava de tudo, tirava alívio da conversa, e com os anos isso aprofundou nossa amizade. Mesmo que eu falasse pouco, tão boba me parecia nessa hora a minha vida de criança, me sentia importante quando ouvia ela dizer

Treino, vou falar pra você, mas não conta pra ninguém, tá?

E eu concordava num aceno, me sentindo o portador de uma missão, da grande responsabilidade que aquele segredo representava. Como eu não contasse para a família e só conhecesse crianças que para ela não existiam, ela se sentia livre para falar o que fosse.

Comecei a namorar. Faz uns dois meses, mas minha Mãe não sabe — detesta ele.

Você não namorava aquela sua amiga?

A Maitê? Não, de jeito nenhum. Foi só um beijo, uma vez.

E cada beijo, cada namoro, para mim, era um grande drama, comparável aos enredos da TV. Se não bastasse, Carol era gamer, conhecia de tudo. Era ela quem me ensinava truques e conhecia jogos de que ninguém tinha ouvido. Jogávamos juntos e eu perdia e perdia, e nas raras exceções em que ganhava não chegava a perceber que ela tinha deixado — ou se percebia, me deixava convencer de que fui bem, na adrenalina e na glória do momento. Depois, tendo praticado na dificuldade que era jogar contra ela, ganhava mais fácil dos amigos da cidade. Tudo contribuía para nos aproximar, à exceção da insistência para que eu lesse as coisas que ela lia. Na época, tentava me convencer a ler o Harry Potter com uma paixão que me fez começar, mas eu sempre acabava largando, e quando ela tocava no assunto eu tentava desviar para o videogame que, entretida com a família, a Mãe tolerava que jogássemos por algum tempo. Normalmente o console ficava na TV da sala (ficasse no quarto, seria mais difícil a Mãe supervisionar), mas Carol o tirava de lá e encaixava na TV de tubo pequena do meu quarto, e a gente jogava. Normalmente, pouco depois, ouvíamos a buzina insistente e o volume do tio Cássio, que entrava com a típica voz gigante, carregando um cooler com mais cerveja que qualquer um ali conseguiria beber.

Melhor sobrar do que faltar!

A cada ano trazia uma namorada e um carro diferentes, os dois mais novos. Abraçava todo mundo feito um urso que ataca e dizia

Que saudade!

Esfregava o topo da minha cabeça com a ponta dos dedos e falava para endireitar a postura, falar mais grosso, que a Mãe não devia me emperiquitar daquele jeito, mauricinho assim; dava um beijo na testa da Carol, dizia que estava linda, mas tinha que sorrir mais, e dizia para Tia B. que já podia maquiar, usar biju, cuidar mais da aparência.

Eu falo com ela, Cássio, mas essa menina, nunca vi!, comprei batom, maquiagem, nunca quis nem exprimentar...

E eu e Carol, na primeira oportunidade, deslizávamos de volta para o quarto. Tio Cássio, cerveja na mão, se sentava e a namorada na sala com o Vô Bécha, e assistiam ao Natal na Globo juntos ou conversavam conversas de adulto. Esse era o esqueleto dos natais da minha família, que o Rodrigo sempre comentava o quanto era pequena (normalmente no contexto de: uma pena, os presentes podiam ser mais). Naquele Natal específico, só me lembro de ganhar da Carol o primeiro Harry Potter, uma mochila do tio Cássio, e do Vô: um computador, que quase enlouqueci quando vi e arrastei a Carol para montar imediatamente — o que ela fez com gosto, que tinha ganhado também do Vô uma caixa de som e queria testar o programa que acompanhava. Na falta de escrivaninha ou mesa, montamos o computador no chão, sobre os tacos soltos do piso, sentados no colchão onde ela dormiria dali a pouco. Não sei mais o que ela ganhou, mas é aposta certa que do tio Cássio foi um vestido rosa ou maquiagem, e da Vó, meias ou calcinhas, o de sempre. No meu caso, a exceção foi o livro da Carol, que pela primeira vez me deu presente dela mesma — fazendo com que eu, que não dei nada, me sentisse culpado, mais ainda por ter certeza de que não leria. A Mãe dizer que o presente dela era de nós dois não adiantava muita coisa: queria um que fosse meu. Mas claro, criança, me esqueci disso em minutos. Depois da ceia e dos presentes, os adultos se sentaram na sala, assistindo TV e conversando, bebendo a cerveja do tio Cássio ou o vinho da Tia B. — à exceção de Vô Bécha, que já não bebia. Era quase uma hora da madrugada quando as últimas surpresas e presentes vieram. A conversa dos adultos na sala seguia firme, mas a Mãe veio dizer para eu e Carol irmos dormir, e reclamação nenhuma adiantava. Desligamos o computador e me vesti para o sono, mas quando fui me despedir da família percebi que o portão da casa do Rodrigo se abria. Ele atravessou correndo a rua, um troço em cada mão: um walkie-talkie. Ele tinha celular, mas eu não, e mesmo que tivesse a ligação naquele tempo era cara, mensagens também, e apps ainda não existiam — para não mencionar o épico que os walkie-talkies carregavam para nós nessa idade. Rodrigo tinha saído escondido; deitou com pressa um dos talkies na minha mão, falou *Feliz NatalAniversário* e voltou correndo para casa. Eu queria voar para o quarto, testar na hora, mas tio Cássio, já meio tonto, saíra para fechar o portão e me chamou perto. Perguntou sobre namoradinhas, eu quis morrer e respondi meio evasivo, querendo voltar logo para o quarto e testar o talkie, mas ele me puxou, se abaixou, passou os braços pelo meu ombro e falou em confidência:

Achou o outro presente na mochila?

Isso me chamou a atenção

Não.

Ele riu.

Procura lá. Feliz Natal moleque. Não mostra pra sua Mãe.

E com mais pressa me despedi da família, fui para o quarto. Tio Cássio com a namorada e Tia B. dormiriam na casa do Vô Bécha, que morava sozinho numa casa grande apesar dos mais de 70 anos. Vó Bia dormiria no quarto da Mãe, e Carol ficaria também, passar mais tempo comigo. Ela desmontou o computador me explicando como fazia, colocou as partes num canto, e estendeu o colchão ao lado da minha cama, onde se deitou com um pijama que era só uma camiseta longa, folheando o livro que ganhou de minha Mãe. Quando voltei ao quarto ela parou de ler e perguntou do talkie que viu na minha mão, me distraindo do presente extra do tio. Me ajudou a descobrir os comos do aparelho, fazer funcionar, e finalmente ouvimos a voz de Rodrigo.

Até que enfim, Câmbio.

Não era tão potente, e de vez em quando ouvíamos interferência de telefone ou rádio, mas felizmente a janela do meu quarto e a dele eram voltadas para a rua, e conseguíamos falar.

Contei que Carol estava ali.

Oi, Rodrigo.

Oi Carol, Câmbio. Você tem que terminar a frase com câmbio, Câmbio.

Ela riu, mas falou. Conversamos uns minutos, mas Rodrigo teve que desligar. No dia seguinte viajaria cedo e a Marta já estava reclamando.

Boa viagem, Câmbio Desligo.

Só depois disso, tirando os presentes da cama para que pudesse dormir, me lembrei de procurar o presente de tio Cássio. Não vi nada na mochila, de início, mas ela tinha vários compartimentos, e depois de procurar em vários deles senti, finalmente, alguma coisa lisa e comprida, folhas, e puxei sem pensar: uma revista pornô. Meu coração bateu rápido e eu quis morrer segurando aquilo na frente da Carol. Fiquei congelado, mas ela, rindo do meu desconcerto, não parecia se importar.

Olha, uai.

Nos sentamos no colchão e começamos a folhear a revista. Carol comentou o bizarro dos tamanhos dos homens e das mulheres, enquanto eu, que nunca tinha visto nada daquilo, não tinha informação suficiente para achar qualquer coisa além de ficar impressionado; não sei se ela mesma tinha alguma experiência, mas não duvidava. Senti, logo no início, o pau endurecendo — não era a primeira vez, mas agora estava ao lado da Carol, e subiu junto com ele um constrangimento enorme, a sensação de que tinha alguma coisa errada no fato de que ele simplesmente endurecia, sem me obedecer quando eu queria que não.

Carol, melhor dormir antes que a Mãe vem reclamar.

Nada Treino, ela tá distraída na sala.

Mas falei que era melhor não arriscar, me levantei virado para o lado oposto ao dela, me virando o mais rápido para a porta, e apaguei a luz. Ela não falou nada, mas tinha o sorrisinho de quem entendeu. No dia seguinte, depois do café, Tia B. buscou a Vó e a Carol. Nos abraçamos em despedida, sem saber que nos veríamos pouco depois, por um péssimo motivo. Os minutos em que a Tia B. conversou com a Mãe da janela do carro antes de sair bastaram para que Carol mergulhasse em seu livro e a Vó dormisse, ambas quase pulando de susto quando tio Cássio parou buzinando a camionete no outro lado da rua e começou a gritar despedidas, enquanto se aproximava para um abraço antes da viagem. Depois que os carros se afastaram pela rua lateral, a Mãe foi arrumar a casa enquanto eu jogava videogame, e quando estava quase entediado, a vida mais lenta na ausência de Carol e Rodrigo, ouvi batidas no portão: Venâncio e Boi, amigos da escola, chamando para jogar futebol. Como Rodrigo, os dois eram meus amigos desde sempre, mesmo que um pouco mais distantes. O Boi era simpático e ruim de bola; o Venâncio, para o menino de 11 anos, era quase sempre divertidíssimo, mas hoje tenho vergonha das coisas de que eu ria, e um pouco de tristeza — era Venâncio quem tinha dado o apelido ao Boi por ele ser mais gordo que nós, mas como o próprio Boi não reclamava, ninguém dizia nada. Me incomodava também a insistência do Venâncio em jogar perto da casa da Babi e passar vontade na menina, mas só ele e Rodrigo tinham bola boa, e quando Rodrigo viajava acabávamos aceitando as sugestões. Dependesse de mim, jogaria com a própria Babi, mas Dona Bárbara, mãe dela, nunca deixava, e só conseguíamos jogar juntos na escola. Sua mãe sendo amiga da minha, ela vinha à minha casa às vezes, vestido florido, limpa limpinha "que nem princesa", e por isso não podia jogar futebol. Eu não conhecia a palavra "ironia", mas enxergava essa relação em Babi, que era com folga a pessoa mais alta da minha idade na escola e capaz de varrer o chão com qualquer dos meninos. Hoje ela preenche sua altura com elegância, mas na época, ainda se acostumando ao próprio corpo, tinha dificuldades em se sentar "como uma dama" e detestava tomar café com os adultos — em vez de chá, que, ela falava só para chatear a mãe, era o que as princesas tomavam. Às vezes ficávamos os dois na minha casa, aquela pressão não dita de pais que observam os filhos esperando que eles brinquem, se conheçam, se deem bem, desde que silenciosos e limpos e suaves, e a gente se dava bem — a não ser quando outro dos meninos estava. Nesse caso a Babi não podia brincar: *Ela é delicada demais pra vocês* — o que era sempre engraçado de ouvir. A insistência das mães numa nossa amizade, no fim das contas, fez muito menos por essa amizade do que a cotovelada que Babi me deu no rim para roubar a bola num dos nossos primeiros dias de escola. Na educação física, os alunos eram separados por sexo, e ela era a capitã *Passa a bola, sua bosta! Tomar no cú!* um tanto agressiva do time das meninas — mas eram quadras separadas e poucas vezes eu a via jogando. Era no recreio que ela jogava com a gente. A maioria dos meninos gostava de jogar com ela, mesmo achando meio marrenta, mas alguns tinham ressentimento: não queriam ser piores que uma menina no futebol. Eu mesmo era pior, mas nunca fui muito melhor que ninguém, então não me surpreendia ou incomodava. O Venâncio — esse não conseguia aceitar. Não me esqueço de um dia, no recreio, em que de repente senti coisa úmida na perna e, quando me abaixei para ver o que tinha me encostado, o encontrei todo contorcido sob a mesa. Tentava encostar a cabeça do pau na perna de todos os meninos, falando que estavam "batizados". Daí em diante, dizia que tal e tal brincadeira era *só pra quem foi batizado*, o que não incluía nenhuma menina. Ninguém se esforçava para cumprir essa regra, mas a indiferença e a preguiça dos outros acabavam sendo aliados do Venâncio, já que a maioria tinha preguiça dele, sabiam que ele encheria o saco e acabavam deixando quieto. Babi era exceção porque ela mesma se impunha, e de nada servia o Venâncio achar ruim, se tinha do seu lado só um ou dois e a indiferença dos restantes — então, sim, ressentimento. Por isso, quando jogávamos na rua com a bola do Venâncio, ele corria com ela nas mãos até um ponto da rua que Babi pudesse ver, ela que gostava de ler no jardim de casa ou na janela, ou de brincar ali com as bonecas que a mãe lhe dava e de que não desgostava. O Venâncio, fdp, chutava a bola no portão da casa dela, fazia algum gesto, chamava ela para jogar sabendo que Dona Bárbara diria não. O Boi achava graça, eu ficava constrangido e Babi ficava lívida, mostrava o dedo ou a língua ou a bunda (essa última aconteceu uma única vez, mas foi um evento que cimentou a percepção entre os meninos de que ela era uma menina incrível). Eu falava para o Venâncio parar com essa merda, para a gente jogar bola logo, mas normalmente ele só parava quando o Boi ou alguém mais que estivesse com a gente reclamava: esse era um dos jeitos em que o Rodrigo me fazia falta. Rodrigo não ria das piadas dele nem esperava que enchesse o saco da menina para que pudéssemos jogar: trazia sempre sua bola, que não dependia da vontade do Venâncio. Simplesmente jogávamos, nossos pés batendo em golpe torto no angulado dos paralelepípedos. Me vejo correndo pela rua onde nasci. Hoje não existe o matagal numa das esquinas nem a pontezinha. O corgo foi coberto por parte da rua, mas os paralelepípedos se mantêm, e sinto suas arestas através da sola do tênis de corrida. Vejo as janelas de que antigamente a Babi nos olhava enquanto descíamos e subíamos livres as ruas, e é como se ela estivesse lá. Pela primeira vez, através da memória, eu percebo que debaixo da irritação daqueles olhos grandes cor de mel existia tristeza, uma tristeza que tremia feito o medo do raro. E faço a mesma coisa que fazia na época: desvio rápido um olhar culpado e sigo adiante. As pedras irregulares, às vezes soltas, dão a sensação de instabilidade, exigem cuidado para não se pisar numa ou outra traiçoeira. Vejo as antigas casas dos amigos da infância, a maioria dos quais ainda mora na região. Correr aqui é passar a poucos metros e vários anos de distância deles. Alguns só existem em flashes na memória, e não conheço os nomes que as fotos da infância tentam despertar. Os poucos que ainda conheço, o instagram mostra, se transformaram nos pais. Se os encontrasse, se lembrariam do passado, perguntariam dos dias atuais, mal mencionariam o futuro. Eu me sentiria mal se estivesse em situação melhor e, caso contrário, também. Comentaríamos casos da adolescência que foi ontem e riríamos — mas a julgar por postagens deles que vejo online, o senso de humor da maioria não mudou como o meu nos últimos anos. Ririam com gosto de algumas lembranças de que eu riria falho, desconfortável, não saberia fingir. Eu diria *arrã* várias vezes, esconderia minha opinião sobre uns assuntos, e iria embora com a sensação de quem prendeu a respiração por dez minutos, combinando um encontro que não teríamos nem queríamos. Só me resta um rosto ou outro na memória, por maus ou bons motivos. Continuo correndo. Não quero pensar neles. Conforme subo a rua, mantendo o ritmo da corrida, as pedras se convertem em asfalto, o trânsito aumenta, e chego à prainha criada ao redor da lagoa que dá nome à cidade — está cheia, toalhas estendidas na areia ao redor do lago, coqueiros, quiosques com peixe frito, gente nadando tomando sol ou jogando vôlei futebol futevôlei na areia — mas não entro, olho de longe. A calçada que circunda a lagoa é separada da prainha por um alambrado e atravessada por um traço e um número a cada cem metros, tinta que não teve tempo de se desgastar entre a corrida entrar na moda e o gps no bolso. Aos 100 metros, a lagoa amacia a luz do sol e a reflete pelas frestas das árvores e folhas. Aos 300, a paisagem se abre, e você vê pelo alambrado crianças nadando e brincando de areia, gente jogando futebol com um gol só, o travessão pendurado numa trave e solto da outra, balançando louco se atingido. Aos 600 metros, mato alto cobre a visão, esconde a lagoa e a praia. Decido parar de olhar para as marcas: elas têm peso. As casas no outro lado da avenida são poucas o suficiente para denunciar preço e especulação (não fosse Maitê, não pensaria nisso). A maioria tem dois andares, para ver a paisagem e o deitar do sol na lagoa ao fim do dia. Algumas boates também ocupam o redor; no carnaval fecham a rua, e no ano novo fazem festa na areia da praia, tentando refletir sem sucesso os fogos na água lisa, desesperando os cachorros que moram por ali e agora levam os donos a passear na mesma calçada onde corro. No lado oposto à praia, a mata se prolonga desde as laterais do lago, cortando calçada e asfalto. O mato é denso, salpicado de árvores altas, e mesmo que já não consiga enxergar o lago que se estende por trás desse verde sólido, sinto na pele a umidade. Impossível avançar; meia-volto e sinto uma culpa estranhamente forte por não cobrir esse espaço, mesmo que o caminho não precise ser aquele, mesmo que o importante seja a distância coberta, que o strava ainda assinala enquanto corro, mas evito olhar. Assim como os dias de aula, os dias ali, na infância, me sujando na areia e nadando ou jogando bola com os vizinhos e os meninos da escola se transformaram num único dia na memória — mas o grito-desespero que o Rodrigo de doze anos deu alguns dias depois do Natal exige ser lembrado. Corro para fugir das memórias, mas em alguns momentos sinto que não devia, como se ignorá-las fosse um tipo de abandono. Não que eu fosse conseguir. Meus 12 anos, aquele Natal, foram tempo chave. Hoje eu sei o que veio depois, sei o que o menino Treino não sabia, sei de onde vêm certas obscuridades e aprendi a me arrepender. Não posso culpar aquele menino; sei que não sabia de nada. Mas é difícil se convencer de que não há culpa quando você sente que ela é sua, mesmo se não houve intenção. Pouco depois da virada do ano, Rodrigo voltou. Em sua ausência, algumas noites, eu apertava o botão do talkie, conversava como se ele estivesse lá, e agora, finalmente, ele estaria, poderíamos conversar. Apertei vezes e vezes o botão do talkie, e nada. Esperei por horas. Ele não veio, nem chamou, até o atípico que foi me acordar à meia-noite. Por sorte eu dormira esquecendo o talkie ligado. Acordei ouvindo o som da estática, como se ele tivesse apertado o botão e ficado em silêncio. Depois disse só:

Amanhã passo aí.

E eu, na manhã seguinte, liguei o talkie e esperei. Na mesa do café ouvi o barulho vindo do quarto, corri para responder. Queria correr encontrá-lo, mas a Mãe mandou comer direito antes de ir brincar. Terminei assim que pude e avisei:

Tô indo. Câmbio.

Esperei na porta de casa. Às vezes é difícil falar de lembranças. Hoje, sei o que tinha acontecido durante as férias dele. Sei o que ele tinha descoberto e o quanto a vida dele tinha mudado, mas naquele dia eu não sabia, não sabia e não tinha olhos nem ouvidos, não conseguia notar nele diferença. Hoje, acho que ele estava mais quieto, o sorriso mais amarelo, o rosto cansado demais para alguém de 12 anos — mas não sei se essa é a verdade daquele momento ou de minha memória, e talvez o que sei hoje esteja colorindo o passado de um tom inevitável. De qualquer modo, se Rodrigo não estava animado com a ideia de testar o talkie, meu entusiasmo o contagiou, e subimos rumo à prainha conversando, animados, rindo. Às vezes um esperava enquanto o outro corria um quarteirão na frente e tentava usar o talkie, e funcionava. Seguimos, somando esperança de que o brinquedo, talvez, fosse potente o bastante para que a gente ficasse cada um de um lado do mato que passava atrás da praia e conseguisse ainda assim conversar. Chegando lá, nos dividimos segundo esse plano. Seguimos meio andando, meio correndo, cada um circulando a praia em direção oposta, clicando e falando coisas de vez em quando, mas a voz começou a rachar em pouco tempo. Mais um pouco, sumiu. Esperávamos que isso acontecesse; a prainha era um círculo e, em extremos opostos, estaríamos longe demais um do outro, mas nossa esperança era de que, chegando ao fim, à beira do pântano que impedia que o asfalto completasse o círculo, a distância seria menor, e talvez fosse possível conversar. Eu seguia entusiasmado o mesmo caminho em que corro agora, antes que fosse marcado pela indicação da distância ou que houvesse tantas construções ao redor da praia. Rodrigo seguiu pelo caminho maior, e devo ter chegado antes. Tentei falar, mas nada: imaginei que ele ainda não chegara do outro lado. Agonia da espera. Fiquei apertando e falando coisa ou outra de tempo em tempo, mas o entusiasmo arrefecia conforme os minutos se passavam. Achei que tinha escutado alguma coisa, mas era chiado demais para entender, quebrou, desapareceu; depois o talkie captou uma transmissão de rádio e entreouvi uma música em meio ao chiado — e de repente, a voz de Rodrigo. Um grito, altíssimo, feito de desespero, atravessando toda extensão de água, atravessando o pântano, a voz chegando não muito alta, mas assustadora nos meus ouvidos. Tentei de novo falar no talkie mas não consegui resultado, e voltei correndo, correndo o mais rápido que podia, sem saber por que, correndo rumo ao Rodrigo, que encontrei além da metade do caminho.

Que foi, Treino? Cê tá bem? Você tá branco.

Minha resposta foi um aceno, um sinal, uma palavra torcida, tanto eu ofegava. Disse que estava tudo bem. Acho que eu mesmo acreditava nisso.

É, pelo visto algumas distâncias o talkie não cobre né. Mas pelo menos deu pra me ouvir gritando?

Não.

Não? Que bosta. Achei que ia dar pra ouvir.

Mas não faz mal. Pelo menos funciona da minha casa pra sua. Vou deixar esse aí com você, daí a gente pode conversar sempre.

Só precisa tomar cuidado pra não se afastar demais, porque senão a gente não consegue conversar, e nem grito atravessa distância quando é muita.

Acabamos na prainha, depois de guardar em casa os talkies para não sujar de areia. Durante o dia, brincadeiras, distrações, não me lembrei mais do acontecido, mas tive um pesadelo com aquele grito à noite, e nunca me esqueci — talvez o grito que ouvi no meu sonho mais recente seja irmão daquele grito que me marcou tanto. Nesse ano, graças à viagem de Rodrigo, não tínhamos comemorado juntos o aniversário, e depois que ele voltou, comecei a sentir, mais e mais, que a distância entre nós era mesmo mais próxima de um ano que de um dia. Eu não tinha consciência disso, mas percebia o diferente nele. Sempre tinha visto em Rodrigo alguém parecido com o adulto que nessa idade eu queria ser, e depois da viagem era como se ele fosse ainda mais velho, mais sério. Hoje, conheço as razões, sei perceber gestos e rostos que na época não vi, ou talvez tenha visto só por instinto e ignorado. Sei pensar, mesmo canhestro, as sensações que quando menino eu simplesmente sentia, e foi sentindo que percebi alguma mudança no Rodrigo, ensimesmamento, silêncios maiores. Nessa época, um pouco mais velhos na cidade pacata, caminhávamos os dois para a escola, mochilas nas costas e conversa. Rodrigo contava da viagem para a praia, e a cada história eu me boquiabria. Ele falava de um parque aquático que parecia mentira, de banana boat e das ondas, e eu me maravilhava com o sonho daquelas coisas que até hoje não experimentei, mas que o eu criança desejava como nada — um desejo tão forte que quase me passava despercebido o sem-entusiasmo na voz do Rodrigo, como se aquilo não fosse tudo isso. Se percebi esse desinteresse, foi como quem sente a vibração suave de um som grave pelo corpo, mas não se pergunta de onde ela vem. À saída do primeiro dia de aula do ano, mais sério que nunca, Rodrigo me disse que precisava de um favor. Me chamou para outro rumo, não ir direto para casa, desviar pelo centro. Meu uniforme branco sujo em marrom pelas brincadeiras no parquinho, minha mochila pendurada por uma única alça, a outra rebentada e enrolada para não se arrastar no chão, concordei, e seguimos até uma farmácia a três quadras da escola. Ali perto, Rodrigo me segurou, ficar fora da vista do farmacêutico que trabalhava ali sozinho. A tentativa de esconder, de ficar quieto, me lembrava as brincadeiras no carro do Venâncio, mas a seriedade estampava forte o rosto do Rodrigo.

Treino, eu preciso de ajuda numa coisa.

Eu vou entrar ali na farmácia e pedir um remédio pra minha mãe. Tá vendo aquela estante ali?

Concordei com a cabeça.

Sabe Biotônico Fontoura?

Confirmei, ainda dizer nada.

Então. Na hora que ele me entregar o remédio, é pra você quebrar uma garrafa de biotônico no chão.

Por quê?

Vou explicar depois. Mas é importante. Você faz isso pra mim?

Se ele quiser cobrar eu dou o dinheiro.

Por favor.

Concordei. Rodrigo parecia frio, mas meu coração rolava baixo uma escada. Tentei parecer companhia inocente. O farmacêutico já conhecia nós dois, me cumprimentou de longe, eu dei um aceno qualquer e fingi que estava concentrado em alguma coisa na estante. Na hora combinada, estendi a mão para a garrafa, mas estava nervoso, a mochila capenga se balançou sem cuidado no espaço estreito e derrubou da prateleira três, quatro garrafas mais. O farmacêutico olhou assustado, veio no meu rumo, e eu vi atrás dele o Rodrigo catando rápido alguma coisa de um mostruário, alguma coisa que escondeu no bolso, e se virou com sorriso aliviado no rosto — até eu começar a chorar de dor. Uma das garrafas quebradas me abrira talho enorme num dos pés. O sangue escorria quase tanto quanto o conteúdo das garrafas, líquido alcóolico que fazia o ferimento arder e eu chorava e chorava, e quase me deixei cair sentado no chão, no vidro, sem pensar de dor, mas o farmacêutico me pegou sob os braços, levantou e levou para dentro. Me pôs na mesa onde aplicava injeções e fazia curativos, e começou a tratar a ferida. Rodrigo nos seguiu o tempo todo, calado, olhando o corte com susto, tristeza, tentando enxergar por trás do farmacêutico como quem quer ajudar mas não sabe como, como se estivesse longe ou não pudesse se mexer. O farmacêutico, com a voz que forçava grave, calma, suave, repetia que não era nada, não era nada, mas à exceção de um grito rápido na hora de um antisséptico que fez tudo arder mais, parei de chorar logo. Apertei os lábios, fechando os olhos quando ele deu três pontos no corte. A reação natural tinha passado, e me veio a vontade de esconder o choro na frente do amigo. O farmacêutico me olhou como quem acha graça.

Tem que tomar mais cuidado, Treino!

Mas foi com carinho que ele falou. Concordei com a cabeça enquanto ele terminava o curativo e me calçava o tênis de um jeito firme e delicado, que nem os cabelos brancos nem as mãos enormes sugeriam. Mordi os lábios quando senti o tênis encostar no corte, mas ele tinha afrouxado bem o cadarço, e apertou de volta na medida certa — o pior tinha passado. O homem deu um sorrisinho, pôs a mão gigante na minha cabeça, e me deu um daqueles pirulitos vermelho-transparente que se via muito.

Não tem problema chorar, calma! Até o Rodrigo, que é corajoso desse jeito, chorou, imagina você, com um machucado desses!

E eu olhei, e o Rodrigo parecia assustado, o rosto agora seco, mas a expressão também marcada pelas lágrimas, os olhos levemente avermelhados. O farmacêutico deu a ele um pirulito também. Me pegou outra vez e colocou no chão.

Apoia no pé bom primeiro. Isso.

Depois perguntou ao Rodrigo se os remédios dele estavam em dia, e falou para não se preocupar, não precisava pagar nada. Saímos da farmácia com nossos pirulitos na boca, eu mancando mas já me sentindo um pouco melhor. O caminho para casa foi maior que de costume — às vezes pisava de mal jeito, dava careta de dor, e Rodrigo olhava preocupado.

Tá doendo?

Não.

Mas alguma vibração na voz desmentia, e ele não perguntou de novo. Chegando, sentamos no chão da sala e tirei o tênis devagar. A Mãe estava no trabalho, mas em casa alguma coisa estimulava a fazer o drama normalmente reservado para ela, e deixei fugirem uns gemidinhos de dor. Rodrigo se levantou.

Desculpa.

Não tem problema. Não tá doendo quase nada.

Mas de pé, na minha frente, ele enfiou a mão na cueca e tirou do bolso dois pacotes de camisinha.

Peguei uma pra você.

Eu, que tinha me esquecido do porquê de tudo isso, peguei as camisinhas com todos os dedos que podia, como se fossem fugir ou escorregar. A embalagem sem ilustração, o nome estranho, e o Rodrigo explicou. Foi a primeira vez que percebi na voz dele o mesmo tom, o mesmo jeito que via em nossos professores.

Se você vestir isso aqui não nasce nenhum bebê e você não fica doente. Tem que usar porque, se ficar doente, você tem que tomar um monte de remédio forte e com efeito colateral a vida toda.

E depois de ver minha cara, acrescentou:

Colateral é uma coisa ruim que o remédio faz com você, te fazer vomitar, cair cabelo, de tão forte que ele é.

Nossa.

Pois é.

Mas coloca onde?

Onde?

Você falou que tem que vestir.

Ah, é... você coloca... no pinto né.

E, por incrível que pareça, eu não ri. Falar essas coisas, na época, era uma ousadia, e pinto pau bilau piroca pênis ou o que fosse eram palavras que em criança eu só usava como piada. O Rodrigo usar essa palavra assim, com seriedade, era mais um passo nesse caminho rumo à idade adulta que eu invejava.

Mas como coloca?

Ele fez cara de impaciente, mas não sabia muito bem.

Vamos abrir uma.

Tá.

Rasgamos o pacote maior.

Olha, vem três!

Abre uma só.

Ai, é duro, não abre direito.

Tem tesoura?

Pega a minha mochila.

Aqui.

Ah, deu cer... ai, é nojento, tipo uma gosma... por que é gosmento assim?

Deve ser... às vezes estraga se secar?

Pega aí, então, que eu não sei como faz.

Aqui, tá vendo? Se você estica tem um buraco daqui.

... Aí você enfia aí dentro?

Isso, pelo buraco.

E desengonçado, fiquei de joelhos, encostando por um momento o pé ferido no tapete fino e dando um gemidinho de dor que eu mesmo ignorei. Abaixei as calças e a cueca e tentei colocar a camisinha.

... É muito grande. Não entra direito.

É.

Deve ter que ser quando ele fica grande.

É.

Então não dá pra tentar agora.

Talvez, nesse momento, o Rodrigo tenha me olhado de um jeito diferente. Talvez minha memória esteja me enganando. De qualquer forma ele não reagiu. Repetiu, só:

É.

Hoje vejo graça naquilo tudo. Talvez ele visse também. Volto correndo o redor da praia, 600, 300, 100 metros, e sigo o caminho oposto, o mesmo que Rodrigo fez no dia em que testamos o talkie, o dia em que se abriu entre nós aquela distância impalpável. Nos víamos todos os dias, escola, brincadeira. A conversa entre nós pouco mudou, e sempre falávamos pelo talkie à noite e antes de sair rumo à escola, mas Rodrigo começou a ficar um pouco mais quieto, a se fechar mais em casa. Sempre aceitava quando eu convidava para brincar ou jogar alguma coisa nós dois, mas começou a dispensar quando era grupo maior de amigos quem chamava, mesmo que eu fosse junto. Começou a ler mais, estudar mais, principalmente biologia, e para mim, que até ia bem nas matérias mas detestava ler, isso aumentava o afastamento que a ida à farmácia e a procura dele por uma camisinha me fizeram notar pela primeira vez. Naquele dia, recebi da Mãe uma bronca, mesmo que carinhosa, pelo descuido, e tive dificuldades para dormir graças à dor em meu pé rasgado, sem saber que ela seria maior quando a ferida se abrisse outra vez, dois dias depois. Nesse dia, já um pouco melhor, eu colocava o tênis com o suave que conseguia para evitar a dor, quando o telefone tocou e ouvi o gemido e o choro da Mãe. Manquei até a sala, o tênis ainda frouxo desamarrado nos pés, a casa ainda tomada pelo cheiro de café. Ela já tinha desligado o telefone. Me abraçou, chorando; o Vô tinha morrido. Eu abracei de volta, chateado pelo Vô, por ela, e senti as lágrimas dela, tantas que molharam seu rosto e o meu, me deixando tenso na espera de minhas próprias lágrimas. Já estava em meu uniforme branco, mas a Mãe disse para ficar e avisou à escola; ligou no trabalho, avisou Tia B., tio Cássio, e saiu; precisava resolver umas coisas. Me disse para me comportar. Atravessou a rua, avisou Venâncio e Rodrigo que eu não iria com eles à escola como de costume e pediu carona até o centro. Sugeriu que o Rodrigo ficasse comigo, mas a Marta não quis que ele perdesse prova. Fiquei sozinho. Não me lembro de pensar em nada. Tomei café e joguei por horas e horas o PlayStation dado pelo mesmo Vô. Não sei se estava negando, fugindo; talvez eu goste de imaginar que estava, para não pensar que era uma criança fria. Talvez hoje eu não consiga entender a criança que era. Não era próximo do Vô, mas me sentia culpado: quando a Mãe voltou desliguei o videogame correndo. Não queria que ela visse, mesmo sabendo que, naquele dia, ela não se importaria. O corpo foi velado por um dia, dando tempo para que os parentes de outras cidades chegassem. Tio Cássio nos buscou para o enterro no fim da tarde seguinte. A Mãe separou minhas melhores roupas, se vestiu sóbria, calça social e blusa fechada pretas. Estava séria e cansada, e senti por instinto que devia ficar ao lado dela, tomar conta dela como pudesse, mesmo que aos doze anos isso não fosse muita coisa. Tio Cássio chegou em cima da hora, depois de pegar correndo a estrada vindo de Belo Horizonte. Estávamos prontos há um tempo. Pediu desculpas, sabia que isso incomodaria a Mãe, mas ela não respondeu. O enterro foi na sala de reuniões dos Alcóolicos Anônimos, nome irônico numa cidade que, de tão pequena, era incapaz de segredos. Ficava no segundo andar de uma sorveteria no centro, depois de uma escada estreita de degraus altos. Os membros do grupo nos receberam, vários homens e uma mulher, prestando ali homenagem ao Vô Bécha, fundador do AA na cidade, grande ajuda na vida deles, e pela primeira vez senti orgulho do Vô. O teto do segundo andar era alto, metal sem laje, mas as janelas eram várias e amplas, mitigando o calor do sol de verão que em pouco tempo se esconderia. O salão grande era alugado para festas e eventos, ajudando a cobrir os gastos do AA, mas estava brilhando de limpo. Antes de ir ao caixão, a Mãe fechou os olhos por uns segundos, apertou um lábio no outro, e eles tremeram. Tio Cássio pôs uma mão no ombro dela, um jeito de encorajar os dois. Eu olhava. Não sabia o que fazer. Mas a mão dela apertou a minha, e apertei de volta. Um suporte próximo ao caixão de madeira escura tinha a coroa enorme de flores, uma faixa de tecido bordada, "Com o carinho e agradecimento dos membros do AA". O tio, depois de ler a coroa, apertou a mão e abraçou um dos homens e a mulher, conhecidos distantes, que sabia serem próximos do Vô, mas sempre tratara com desconfiança. Aos poucos, amigos e família chegaram. A cidade, a idade, o trabalho, o AA, tudo colaborava para que o Vô fosse conhecido. Primos e tias que em algum momento tinham fugido da cidadezinha chegavam agora, depois de horas de viagem; não vieram ao último aniversário, mas no enterro estavam. A Mãe, única filha que morava na cidade, era quem vinham ver primeiro. Ela agradecia e respondia estoica aos pêsames, mas começou a chorar de novo quando Tia B. entrou e as duas se abraçaram forte, molhando os ombros e cabelos uma da outra. Tia B. me deu no rosto um beijo, me abraçou, senti no rosto a mistura das lágrimas das duas — e angústia. Hoje, imagino que pareci passar a mão no rosto para limpar o beijo ou as lágrimas dela, mas queria era fazer parecer que as lágrimas eram minhas. Uma das mãos da Mãe segurava a da Tia, a outra apertava forte meu ombro, me guiando de leve os passos conforme nos aproximávamos do caixão. Chegando ali, a Tia chorou forte, a Mãe voltou a chorar, e até tio Cássio tinha lágrimas silenciosas que enxugava rápido nas costas da mão. Desviei o rosto quando ele me olhou: toda a infância fiz isso para esconder dele que tinha chorado, para não ouvir dele que tinha que segurar o choro, ser macho, e nesse dia escondi dele a falta de lágrimas. Nunca tinha pensado no tio como alguém insensível — ainda que fosse, naquele tempo eu não pensava esse tipo de coisa — mas ainda assim sentia de alguma forma abstrata que me emocionar menos que ele era errado, dizia coisa terrível sobre mim. Estava triste pelo Vô, mas queria que os outros soubessem, queria chorar, queria deixar claro para a Mãe que ela não estava sozinha — mas não vinha, não conseguia. Tinha medo de que pensassem que eu não me importava. É verdade que o via raramente, e naquela idade não tinha grande contato ou conexão, mas gostava dele, não queria que ele fosse, e queria que soubessem que eu não queria. Ao mesmo tempo, temia que aquilo fosse reflexo, que minha tristeza simplesmente não fosse grande como eu queria que fosse, que não fosse suficiente. A Mãe ainda tinha uma das mãos em meu ombro. No caixão, pouco mais baixo que eu, o rosto do Avô me era visível quase de perfil, atípica imobilidade sisuda, pele marrom-clara contra o tecido branco.

Lembro de pensar que o caixão, tão mais perto de mim que dos adultos, cheirava feito armário limpo fechado por tempo demais, feito certos móveis antigos da casa em que ele tinha morado. Alguém começou uma oração, um Pai Nosso, seguido por desejos de que o Vô fosse bem recebido no reino dos céus, entrecortados por vozes altas que diziam Amém Senhor e Deus Seja Louvado, e se acumulavam tanto que por vezes me impediam de entender o que diziam, mas as palavras exatas não importavam. A Mãe, mesmo ausente de igrejas, até crítica, apertou minha mão com força e rezou. Não cheguei a tanto, acho — mas baixei a cabeça e ofereci o meu silêncio. Eu ouvia a voz úmida da Mãe, embargada, e sabia, em algum lugar fundo, baço, que o Vô já tinha sido perdido, que mesmo com seu corpo à minha frente, já o estava nuncamaisvendo ali mesmo — mas ainda assim não jorrava, eu não tinha acesso àquela descarga, àquela emoção de punho e pedra que me parecia proibida. Apoiei discretamente uma das mãos no suporte metálico do caixão e tentei pisar um pé no outro, fazer doer o corte ainda sensível que tinha aberto na farmácia dias antes, essa ferida que ainda me fazia mancar, mas não bastou. A angústia crescia, e de repente eu pensava mais na impossibilidade de chorar que na partida do Vô, tentava entender o que tinha de errado comigo. Fui salvo pela Carol, que me tirou desse terror fundo e sem nome. Senti a mão dela na minha e a vi de pé, olhando para baixo, a mesma angústia nos olhos, o mesmo estranho. Ela também não chorava. Apertou minha mão com força. Não sei o que teria acontecido sem ela. Voltamos juntos para minha casa depois do enterro e jogamos videogame a noite inteira. Ela voltou pra Curitiba com Tia B. na manhã seguinte. Acordei com o lençol sujo de sangue porque a ferida no pé tinha se aberto, uma dor que não era tão forte, mas latejava, incessante. A Mãe me levou até o pronto socorro num desespero exagerado e precisou ser tranquilizada pela enfermeira, que limpava e refazia um dos pontos da ferida que eu tinha conseguido romper, e nessa noite tanto me incomodaria durante o sono. Estranho como a memória funciona: o enterro do Vô sempre me lembra o casamento de Carol, anos depois, por alguma conexão nas memórias que não sei pôr em palavras. Foi minha primeira vez em Curitiba, depois de uma longa e insuportável viagem com tio Cássio, que, vindo de Belo Horizonte, passou por Lagoa para buscar a mim e à Mãe, e trouxe junto uma namorada que convenceria se dissesse que tinha 18, como eu mesmo tinha. Se a voz alta do tio já ocupava toda a extensão da casa nos natais, dentro do carro ela nos pressionava contra as paredes. Só se ouvia a música (sertanejo, U2, jota quest) no silêncio entre as palavras do tio Cássio, mas ao menos ele se cansou em algum momento, e não falou pelas 10 horas de viagem. A Mãe parecia não se incomodar. Ria dos sinais de ensurdecimento que eu fazia, acostumada *Seu tio foi assim a vida toda. Seu bisa falava igual e cobrava do Cássio que falasse alto, grosso. Ele já não falava baixo, e fazia esforço pra ir mais alto ainda. Se bem que não, não sei se esforço é a palavra. Acho que ele gostava* com tio Cássio desde pequena. A namorada do tio (como tantas outras, durou pouco; só a vi dessa vez e seu nome se perdeu) chegou a ver, e riu também. Tio Cássio supôs que ria de uma piada sua, e ficou satisfeito. Chegando, nos deixaram na casa da Tia e seguiram para seu hotel. Fiquei no quarto da Carol, que logo estaria vago e, se eu fosse mesmo aprovado na federal, seria "meu". Me perguntei se ela deixaria ali alguma coisa, pôsteres, livros, videogames, jogos, e torcia para que sim — mas mal consegui conversar com ela. Mãe, Vó Bia, Tia B., Carol, todas às voltas com o trabalho inacabável do casamento. Ofereci ajuda e disseram que não, todas elas tão mais ativas que eu, parecendo saber tão bem o que faziam. Meu videogame era o mesmo que o Vô tinha dado 6 anos antes, enquanto Carol tinha a última geração: aproveitei para jogar, comer alguma coisa, trocar mensagens com amigos de Lagoa. Tentei andar um pouco, ver o redor, mas não tinha roupas adequadas para o frio que fazia, além do terno para usar no casamento que seria no dia seguinte. Olhando de hoje, foi um casamento como qualquer outro: a caminhada lenta pelos corredores da igreja, os homens de uniforme, as mulheres de vestido, fotógrafos invasivos, música erudita e lágrimas, embora na época fosse o primeiro casamento que via. Saímos dali rumo à festa, onde consegui finalmente dar um abraço que prestasse na Carol e cumprimentar o marido, Ricardo, com alguma frase de sempre. Conheci, finalmente, Maitê, que me parecia chateada; na época pensei serem ciúmes, por ter tido o caso com a Carol anos antes; hoje, depois de conhecê-la melhor, acho que não; sendo quem é, parece mais provável que, em respeito ao dia de casório, tivesse engolido sua resposta a algum comentário político do Ricardo. Talvez eu esteja exagerando. De qualquer modo, conversamos pouco; não tínhamos papo. Ela não devia achar que eu valeria seu tempo, e tinha razão. Me sentia deslocado. Entre os amigos da Carol eu não tinha espaço, e não queria passar a festa grudado à família. Comecei a vagar entre o balcão onde se servia batidas e a mesa onde se servia a comida, entediado, sem graça, mas com o estômago bem satisfeito e a mente leve graças à bebida. Provavelmente teria seguido assim até o fim da festa se não fosse pela presença dela, da mulher pouco mais velha que eu cujo nome me envergonho de não me lembrar, embora me lembre com detalhes da cena em que fomos apresentados, do vestido verde decotado, dos olhos mel na pele marrom-clara como a minha. Conversamos um pouco, mas no ambiente hostil eu era mais tímido que de costume, e não sabia ler os gestos que ela fazia nem ousaria imaginar seu interesse, até que depois, sentado à mesa, senti no braço seu toque leve enquanto passava, sozinha, e andava até um canto do salão de onde me olhou de pé, onde me esperou. A timidez era forte, mas foi superada por meu desejo, pelo desejo que ela mostrava, e pela sensação de obrigação que isso me fazia sentir. Fui até lá, ela me puxou pela gravata que usei três vezes na vida e me colocou a um centímetro de sua boca. Não consigo imaginar por quanto tempo nos beijamos, mas sei que depois conversamos bem, nos sentamos juntos, numa intimidade que parecia diferente daquela de desconhecidos se pegando numa festa, a tal ponto que Tia B. perguntou há quanto tempo nos conhecíamos e disse que parecíamos namorados — depois do que a mulher me olhou forte, com um sorriso que ocupava só metade dos lábios. Ela foi embora cedo, e fiquei sem rumo nas últimas horas de festa, obrigado a responder piadinhas e comentários incômodos dos familiares a respeito — mas trocamos telefone e marcamos cinema no dia seguinte. É desconfortável não lembrar seu nome, ser obrigado a pensar nela como "Mulher". Talvez isso me incomode porque não faz tempo assim, porque esse tipo de coisa, eu pensava, devia ficar gravado firme na memória, tanto quanto seu olhar, seus sorrisos-metade, a agressividade dos seus beijos e de suas mãos nos cantos escuros da festa de casamento. No dia seguinte, não consegui pensar em mais nada enquanto entrava no shopping, comprava na farmácia camisinhas, o coração batendo pela chance de finalmente usar, de perder a virgindade que mentia aos amigos já ter perdido. Me lembrei da garrafa de biotônico quebrada anos atrás, e a nostalgia me fez sentir já um adulto. Corri até a entrada do cinema, onde me receberam o sorriso metade e um beijo, e percebi que o pau queria endurecer ali mesmo, antes de nada acontecer. Fiquei tenso, outra vez aquela desobediência desconcertante, mas consegui me distrair, não encarar o decote, falar sobre cinema sem entender de cinema, torcendo para sair dali depois de não assistir ao filme. Me sentia tenso, me lembrava do primeiro beijo trocado com uma menina há tão poucos anos, há tanto tempo. Tudo me parecia sério, importante, cada ação tão pequena e cheia de sentidos — ela me guiando até o canto mais remoto e vazio do cinema, a conversa sobre qualquer coisa antes de o filme começar, eu quase rezando para que ninguém se sentasse perto de nós. Nos beijamos durante os trailers, paramos no início do filme, mas a todo momento recomeçávamos. Na maioria das vezes ela apoiava a mão nas minhas pernas, olhava um pedido, e eu correspondia. Ela sugeriu, e saímos do cinema antes de o filme acabar. Seguimos para a casa dela, um apartamento ali perto, por uma avenida larga, dividida por um canteiro enorme de árvores cheias, mas iluminada e com pouco movimento a essa hora do domingo. Conversamos pelos poucos quarteirões que havia até o apartamento dela, mas eu não ouvia nem minhas próprias palavras por cima do tesão — ela, me pareceu, também não ouvia, e nos beijávamos até nos poucos segundos de espera pela passagem de algum carro. Eu não sentia frio, mas ela dizia que sim e encostava em mim o máximo que podia de seu corpo. Passamos pela portaria do prédio onde ela morava, e assim que entramos no elevador minha mão esquerda apalpou, automática, o plástico mucoso da camisinha em meu bolso. O olhar dela e o sorriso metade me chamaram pelo espelho, ela se encostou numa das paredes e me puxou pela cintura. Agora, assistindo àquele dia pela memória, vejo que era sempre até ali que ela chegava: olhava, afastava o cabelo, mordia o lábio, me puxava até que só restasse aquele centímetro de distância, mas o beijo mesmo tinha que vir de mim, era eu quem precisava atravessar aquele centímetro final, mesmo que ela estivesse molhada, tremendo de vontade. Aquilo me fazia sentir bem, como se eu fosse responsável pelo que acontecia, e não entendo por que hoje, tão pouco depois, alguma coisa nesse gesto me incomoda, me faz pensar em Babi, que pede que a chame de puta na hora do sexo mas morreria se alguém soubesse. Ali, no calor, era impossível me incomodar enquanto a agarrava pelos segundos que o elevador levou para chegar no 21°, enfiando as mãos pelo decote depois de sentir a mão dela entre as pernas, puxando para fora da blusa um dos seios que ela só voltou a esconder, com pressa, quando o elevador parou e a porta começou a se abrir — mas ninguém no corredor. Ela sorriu outra vez, me puxou pela cintura, alguns dedos tocando de leve meu pau por cima do jeans, e entramos. Caímos no sofá, minhas mãos enlouquecidas entrando por baixo da blusa que ela tirou antes de empurrar minha cabeça para baixo e eu descer, passando a língua por seus seios, descendo aos poucos, tirando dela a calça, a calcinha molhada e chupando enquanto ela gemia e puxava meus cabelos, mas (tinha feito mal?) não me deixou terminar, me puxou para cima e beijou mais e arrancou minha calça que chutei para o lado, e continuamos a nos beijar enquanto nos masturbávamos, e ela perguntou da camisinha que eu (idiota) precisei buscar na calça chutada, e vesti enquanto ela se virava, empinava, os braços apoiados no sofá, e olhava para trás com Vem nos olhos, e eu fui, ela molhada, molhada, mas gemeu alto e com um toque de dor (rápido demais?), e eu sentia o calor ali dentro (devia ser mais apertado?) e metia, ela de olhos fechados, eu alcançando um de seus seios enquanto ela mesma segurava o outro (era pequeno para ela?) enquanto gemia, e de repente me fez parar, me puxou pela mão até o quarto e se deitou de costas, e agora eu via os peitos que ondulavam a cada movimento (vendo pornô isso me fazia gozar tão rápido, por que agora demorava tanto?), mas eu me preocupava, não parecia que ia gozar (a camisinha? algum problema comigo?), tentava ir mais rápido, mais, e ela continuava gemendo (não vai gozar? está fingindo? não são os mesmos gemidos desde o início?) de olhos fechados, até que se abriram, e foi pior: foi uma análise, e eu ouvi aqueles olhos dizerem (Será Que Ele Não Acaba Logo?), e alguma coisa dentro de mim engasgou (estava ruim?), e a cama rangia e o lençol tinha sido arrancado e se acumulava agora ao redor do corpo dela, e ela perguntou Vai Gozar?, dessa vez com a boca, e eu disse que sim, mas não ia, não jorrava, e tentei (o que têm de errado comigo?) meter mais e mais forte, mas estava cansado, vi nos olhos dela o Chega, e parei. Ela perguntou se eu tinha gozado e confessei que não, tirando dela o pau agora menos duro que antes, resgatando constrangido a camisinha que, graças a isso, ficou presa ali. Ela fez alguma coisa que tentava ser um sorriso. Disse que precisava ir ao banheiro, fechou a porta atrás de si. Virei as costas à cama, camisinha na mão. De repente me senti distante dela. Me apoiei na janela, mas os prédios acumulados não deixavam que meus olhos se afastassem muito, ainda que estivessem distantes o suficiente para que as pessoas em suas sacadas fossem indistintas. Os telhados abaixo estavam cobertos de lixo, sabonetes, shampoos, detritos caídos das janelas do prédio em que eu estava — incluindo algumas camisinhas, às quais deixei que a minha se juntasse. Não conseguia formular um pensamento sequer. Era um silêncio incômodo, frio e isolado. As vozes em meu ombro diziam que me sentir daquele jeito numa hora dessas era errado — e eu as odiava. A mulher voltou. Começou a arrumar a cama. Ajudei, e depois buscamos as roupas na sala, nos vestimos. Ela perguntou as horas, fez cara de assustada, falou que precisava acordar cedo e pediu desculpas. Não acreditei, era sábado, mas não disse nada. Conforme descia, me olhei no espelho do elevador sem entender como o que acontecera ali há menos de meia hora tinha se transformado nisso. Conhecia muita gente que contaria essa história com orgulho, que mostraria fotos da mulher no insta e falaria que não gozou como se fosse uma vitória. Imagino que se angustiariam também, mas não admitiriam. O porteiro invisível, isolado na caixa de vidro escuro, abriu o portão, e saí. Mesmo que não pudesse vê-lo, me incomodava o que talvez estivesse pensando. Eu devia estar feliz. Tinha transado pela primeira vez. Mas não existia alívio, não parecia ter conquistado nada. Pensei que a emoção devia ter sido mais forte. Esperava que fosse. Hoje, quando lembro do último olhar que trocamos, daquele silêncio físico que não deixava espaço para nada, me parece triste pensar que estávamos muito mais próximos que parecia. Ela ficou em casa, talvez com o mesmo vazio que eu ou pior, com suas dúvidas e certezas (não falei nada por quê? não queria vê-la de novo?), se perguntando o que tinha de errado com ela (ela não gozar acontecia, mas o cara? isso era mesmo normal?), talvez ouvisse naquilo a reafirmação de comentários horríveis nas redes, de críticas às suas roupas e seus hábitos, ou uma confirmação do fato de que seria fisicamente possível emagrecer. Ela pode ter pensado que eu me afastei porque não me sentia atraído o suficiente por ela, tanto que nem consegui gozar, enquanto eu pensava que ela se afastou porque a experiência comigo na cama tinha sido ruim, porque eu de repente temia sofrer de alguma estranha incapacidade de gozo; cada um enterrou essas ideias debaixo da desculpa de que eu não morava na cidade e logo iria embora. Melhor não se apegar. Posso estar enganado. Nunca perguntei. Nunca liguei de novo ou mandei mensagem, e ela também se calou — a mais fraca das evidências. Sei que a partir do momento em que a porta foi fechada o silêncio continuou, e os pensamentos que imagino nela são ficção, não posso tratá-los como verdade — mas me parece que essa ficção é mais que nada, mais que o não pensar nela, melhor que fingir que os pensamentos dela não existem, e a imagino olhando pela mesma janela que eu, os prédios proibindo o horizonte a seus olhos, pensando coisas ao mesmo tempo tão próximas e tão distantes das que pensei, como se olhássemos na mesma direção de pontos opostos, vendo as mesmas coisas, mas longe o suficiente para não vermos um ao outro, nossas mãos incapazes de atravessar o espaço como as de Carol haviam atravessado para me alcançar no enterro do Avô, como o grito de Rodrigo, que chegou até mim e morreu na surdez fingida do menino, surdez que talvez tenha destruído a possibilidade de uma conexão. Tento voltar ao corpo. Me concentro no ambiente ao redor, me lembro do dia em que a corrida me conquistou, em que consegui ir além da parte física e entrar num tipo curioso de meditação, que agora tento armificar contra pensamentos e lembranças. Forço a concentração nos pés, quero transformar a corrida em metástase, expandir a atenção que dava à respiração e às passadas, reduzindo meu corpo e alma a apenas corpo por alguns instantes, forçando a mente a descansar na função única de máquina sensitiva. O rufar das árvores, o cheiro químico dos carros, os transeuntes-obstáculo no caminho, o toque-pergaminho do vento pelo qual abro espaço, o ar inspirado que entra em meu corpo tocando a base da língua conforme desce até os pulmões. Tento reviver a concentração, e por alguns instantes consigo. A consciência subjaz aos sentidos como um computador que hiberna, mas pode despertar a um leve movimento do mouse. A sensação é a de um papel que flutua distante, levado sem direção pelo vento — mas conforme ele cai, conforme se aproxima, o texto que não quero ler se torna aos poucos visível, e por isso me concentro no vazio, nesse vazio em que quero que a folha flutue infinitamente. Me aproximo da rotatória, deixo que o cruzar dos carros decida meu caminho. Me dedico tanto ao nada que o corpo-máquina não anuncia o cansaço, e corro mais longe, consigo atrasar por mais alguns momentos as lembranças. Subo pela avenida e vejo o verde do terreno que cerca o MON e os vários bares, restaurantes, estabelecimentos diversos que olham e são vistos pelo enorme olho egípcio que faz desse museu cartão postal da cidade, todos tirando proveito da vista que o olho oferece, olhando e sendo vistos por ele *Sempre que alguém te olha, diz algo com esse olhar. Deixa no seu ombro um peso, uma sombra que te segue, que se torna parte sua, te precifica e te julga. Você sabe quando age mal aos olhos dela, e mesmo que discorde, que entenda, que saiba que ela está errada, você se sente culpado, constrangido ou instado a se justificar de algum jeito, e não existe uma só sombra, cada olho acrescenta outra ou amplifica uma sombra anterior. As sombras se contradizem, não sabem por que julgam ou por que julgam assim, e é impossível conciliá-las, é impossível saber quais falam a verdade ou quais de suas perguntas são dignas de atenção.* Pessoas *olhos* fotografam as obras espalhadas pela área aberta do museu ou se postam *olhos* na entrada das rampas sinuosas que formam caminhos acima do pseudo-lago onde *olhos* querem ser fotografadas com a retina negra ao fundo. Por um momento, imagino naquela construção a estrutura de um olho humano, e a ideia cresce, e a imagem de um enorme olho ali em cima surge, e surge a sensação *olhos* de ser observado, me lembro do olho de vidro do velho num conto de Poe, um dos livros *olhos* que li por recomendação de Rodrigo, e percebo pela primeira vez que o olho é símbolo tão vasto que até hoje essas histórias *olhos* e construções *olhos* ganham sentidos novos, ou pelo menos eu vejo novos sentidos *olhos*, associações *olhos*, penso até na mania que tenho (talvez paranoica mas você *olho* não sabe) de cobrir a câmera *olho* do notebook com fita isolante, hábito ainda mais estranho porque a câmera *olho* não funciona há dois anos, e o vidro do grande olho, o lago que o cerca, tudo parece convidar o reflexo, parece querer que o olho enorme que agora vê minhas costas que se afastam à pressa pelo asfalto seja meu próprio, que seja eu mesmo o *olho* a observar minha fuga. Sei que o olho não é real e que as batidas *olhos* são do meu próprio coração *olho*, mas sinto que só posso estar errado para me olharem assim. Me ajoelho diante dos policiais *olhos*, quero confessar mas não sei o quê. O olho de Niemeyer é de escuridão e grossura, mas o olho que me segue é como as câmeras *olhos* espalhadas pelas portas de tantas casas: silencioso, não conhece minha voz, mas tem memória e pode punir. Diz Carol que incontáveis telescópios fotografaram um buraco negro a anos luz de distância, e o olho que me observa e julga parece a soma dos olhos e câmeras do mundo *olho*, e o resultado é tão bom quanto: só se vê a luz que foge da gravidade, que está além do buraco negro em si — mas quem vê a foto jura que, por ela, pode dizer como o buraco é, e sim, prometem, o olho gigante funciona, o olho que tudo vê mas não divide o poder, te ataca com ele. Finalmente me afasto, viro uma rua que tira das costas a pressão do olho, e consigo respirar. Sei que o olho exagera. Nego suas ideias, continuo correndo com a sensação de quem respira fundo depois de quase sufocar. Reparo outra vez no redor, o bairro rico, as casas enormes, cuidadas, tentando não deixar que as câmeras nas portas tragam o olho de volta. Me concentro nas impressões que absorvo, como a impressão de que as árvores das casas milionárias da região têm um tipo metálico de utilidade, feito veludo num sofá ou Romero Britto na sala. Algumas têm coleiras prateadas, etiquetas com números de função misteriosa. Outras, imperturbadas na grama que cerca a passarela estreita na calçada, têm vasos de terra pendurados, de onde crescem orquídeas de cores diferentes. Vejo passarelas de pedra sobre grama verdíssima e bem cuidada frente algumas casas, e surge a tentação de parar, tirar o tênis, sentir a umidade que sobe da terra, a lâmina suave do rizoma entre os dedos, me sentar um pouco, mas ignoro, continuo pelo asfalto rente ao passeio, me desvio rumo à rua sempre que algum carro estacionado bloqueia meu caminho, e só vez ou outra subo na calçada, que não aceita muitos pedestres. Vejo estabelecimentos exclusivos, casas milionárias com dezenas de carros importados na porta, que indicam não serem exatamente casas através de sinais discretos, regimes de funcionamento, vislumbres por portas semiabertas: exclusividade em todos os sentidos. De algum jeito existe, no fim da rua, uma árvore que bloqueia inteiramente a calçada, que obriga homens e mulheres vestidos na melhor moda tédio-business a descer e caminhar pelo asfalto, o que é estranho e prazeroso de ver, grande anomalia nessa rua em que as árvores são comportadas, com suas coleirinhas e cuidadores e recompensas pelo bom comportamento. Me desvio da árvore sorrindo. Estendo a mão e sinto o áspero da casca, que deixa partículas em minha palma. Minha escola tinha um gramado com três, quatro árvores gigantes como essa, cuspidoras de frutas laranjadas que usávamos em nossos combates. O chão ao redor do gramado era vermelho-escuro, salpicado do laranja dessas frutas e do preto das manchas de borracha que os tênis deixavam na nossa correria. As árvores acabavam se tornando esconderijos, ou obstáculos para nos afastar de algum perseguidor. Eu passava a maior parte do tempo com Rodrigo, a não ser quando ele e Babi, únicos em nossa sala que liam qualquer livro além dos obrigatórios, entravam em conversas longas sobre o que liam, me deixando entediado. Nisso, recorria a Venâncio, ao Boi ou aos sem-rosto. Hoje consigo admitir que o que me afastava, em grande parte, era o olhar apaixonado de Babi, quando Rodrigo falava de algum livro com aquele seu jeito professoral. De pirraça, não li o Harry Potter ganhado de Carol e de que os dois tanto gostavam. Comecei a ler alguma coisa, meio a contragosto, porque sentia que sem isso seria visto como inferior pelos dois. Não sei se era uma sensação verdadeira, acho que nem mesmo era consciente, mas me incomodava. Quando descobri meu gosto pela literatura de mistério/policial através das novelas de Marcos Rey e mais outras da Coleção Vagalume, me prendi ao estilo, de onde parti para Agatha

Christie, Conan Doyle, até alguma coisa do Poe, embora quisesse também, sem perceber, me diferenciar do Rodrigo, que na época lia mais ficção científica, fantasia. Só assim conseguia sugerir livros que eles não tinham lido, o que para mim era motivo de orgulho — mesmo que meus comentários continuassem menores que os deles, mesmo que eu nunca conseguisse de Babi aquele mesmo olhar. Nesse tempo de primeiros beijos e interesses, meu incômodo tomava forma. Já conseguia admitir que gostava de Babi; sabia também que ela gostava de Rodrigo e ele não desgostava dela; aos poucos, passei a querer que ficassem juntos de uma vez, para que a esperança que eu ainda tinha pudesse ser enterrada logo, esse desejo substituído por outro. Era isso que sentia, mas como não entendia isso em palavras e tinha vergonha do sentimento, não falava nada, nem comigo mesmo. Não entendia por que Rodrigo se fazia de surdo com ela e com outras meninas da sala que mostravam interesse por ele. Em nosso nono ano, Rodrigo era ao mesmo tempo o mais requisitado da turma, e o único, eu pensava, que nunca tinha beijado alguém. De qualquer forma decidi não tentar nada com Babi. Se os dois não sairiam do lugar, eu tomaria a decisão por mim e nunca tentaria, eliminaria de mim mesmo a dúvida. Pensei que seria coisa difícil de fazer, tive medo de mudar muito meu jeito diante dela e ser percebido, mas nada disso foi necessário: Babi foi "convidada a sair" de nossa escola nessa mesma semana. Dona Bárbara sempre achou violentas as brincadeiras dos meninos. Era por isso que, segundo ela, a filha não podia brincar com a gente. Fico pensando se o que temia mesmo era que a violência virasse coisa da filha, se entranhasse nela, moldasse nela algo diferente da menina curvada que a mãe queria; mas se era esse o problema, em pouco tempo ficou claro que amarrar a menina não era um bom jeito de conter sua agressividade, e não a impediu de mandar Venâncio para casa sangrando numa briga que tiveram. Com o tempo, Babi crescera ainda maior que ele, melhorara no futebol, e faltava a Venâncio coragem para fazer dela as piadas de mal gosto que fazia dos outros. O ressentimento carregado há tanto persistia, e ele, se evitava o confronto, a incomodava indiretamente, principalmente com piadas e provocações às outras meninas, amigas dela. Quando estava perto, Babi não deixava, mas quando não estava, Venâncio tirava proveito — e quanto mais próxima de Babi era a menina, piores as provocações. Um dia, munido de caneta e papel, Venâncio saiu pela escola perguntando a todos e listando as piores maneiras de se ofender alguém por seu peso. Encheu uma folha, várias palavras por linha, misturadas a ofensas diretas, incluídas por ele mesmo. A menina, que para mim já não tem nome, mas de cujo rosto não acho que vou me esquecer, ignorava há dias o incômodo que ele era. Babi dizia que, se a menina quisesse, "dava um jeito", mas ela dizia sempre que era nada, não precisava; incomodava não. Mas, nesse dia, quebrou. Durante o recreio, Babi em outro lugar com Rodrigo, Venâncio começou a recitar à menina as ofensas que tinha anotado, contando às vezes quem tinha dado alguma ideia e ajudado a preencher o papel. A lista era enorme, e ele lia com gana, rindo conforme falava, acompanhado de um ou dois sem-rosto, mas não do Boi que era ele mesmo um pouco acima do peso e disso não quis participar. Por mais de um minuto a menina fingiu que não estava ouvindo. Deitou-se na carteira, fingiu dormir, mas depois de algum tempo, não aguentou — começou a chorar. De início, parecia um choro contido. Havia outros alunos na sala, na maioria balançando a cabeça e comentando que Venâncio era um cuzão, falando no máximo, de longe, *deixa a menina quieta*, ou algo assim. Até que alguma das meninas ali notou o pequeno movimento convulsivo do choro, que foi crescendo, aumentando com o som, até se transformar num choro desesperado, ruidoso, que paralisou o próprio Venâncio. Ele permaneceu alguns segundos arregalado, em silêncio, a boca levemente aberta, de pé ao lado da menina que chorava — mas essa expressão durou pouco. Babi o derrubou no chão de um soco que lhe quebrou o nariz. Chutou várias vezes seu corpo caído, caiu-lhe em cima e começava a socar mais e mais o Venâncio já ensanguentado quando um professor interveio, pedindo ajuda também de uns alunos próximos para contê-la. Ela foi para a diretoria, mãos feridas, uniforme sujo de sangue, enquanto um professor levou Venâncio para limpar o ferimento e ver até que ponto tinha se machucado. A mãe de Venâncio chegou pouco depois, mandou-lhe logo para o carro *Chegar em casa vou fazer pior que isso, moleque* e foi embora levar o menino ao hospital. Babi recebeu dela um olhar irritado, mas devolveu outro, carregado do desprezo que normalmente dedicava a Venâncio. Babi se recusou a pedir desculpas e foi suspensa por uma semana. Venâncio se ausentou por três dias e voltou com enorme curativo no nariz. Todos esperavam ansiosos a volta de Babi, muitos imaginando, talvez, outro confronto, mas ninguém conseguia falar com ela, que a mãe proibira internet e celular como castigo. Ela não voltou. Segundo o que se disse, a diretora avisou Dona Bárbara que aquilo era caso de expulsão, mas como Venâncio era mesmo flor-que-não-se-cheira, ela deixaria estar desde que Babi fosse transferida, para evitar que se repetisse. Depois disso, perdemos muito contato. Dona Bárbara achava a situação escandalosa. Filha sua não podia, jamais, agir daquele jeito. Por algum tempo não pudemos nem visitar Babi, e mesmo quando tivemos permissão, Dona Bárbara a tinha sob supervisão ainda mais cerrada que de costume, nunca a deixando brincar das coisas que me interessavam *e não tem fugir. Juro que nessa época eu era toda um assunto público, tanto comentavam do meu corpo. De repente minha mãe comentava com visita que homem não gosta de mulher assim, tão alta, e brigona ainda, como se na escola os meninos já não me chamassem de torta. Ela falava com os amigos sobre meus peitos começando a crescer, chamava atenção pra isso de um jeito que me deixava tão exposta... meu pai chorou quando eu menstruei pela primeira vez, tem ideia? Ela comentava com todo mundo. E vocês abrindo a boca de bigodinho pubiano pra julgar com aquela voz esganiçada. É pra se foder.* O Rodrigo ainda passava bom tempo com ela; com os gostos em comum na leitura, sempre tinham o que conversar e conseguiam passar mais quietos. Já eu, embora a visitasse vez ou outra com Rodrigo ou a recebesse em casa quando Dona Bárbara visitava a Mãe, preferia não encontrá-la sozinho — talvez, por gostar tanto dela, me parecia constrangedor. Ela também parecia fria comigo, e só numa conversa que tivemos anos depois entendi o quanto lhe incomodava que eu continuasse andando com Venâncio depois de tudo, como quem não vê grande problema nele, que apesar da surra não mudou em nada. Naquele dezembro, Dona Bárbara permitiu que ela se formasse com a gente, concluindo o nono ano. Os detalhes fogem, mas sei que a festa foi no casarão de uma fazenda, cercado de todos os lados por verde e por um rio que víamos longe. Pela primeira vez, vi todas aquelas meninas com quem estudei de vestido e maquiagem. Nas menores, de aparência mais nova, me parecia desconcertante, e em muitas a maquiagem estava exagerada, estranha. Imagino que o terno, em mim, devia parecer algo ridículo também, aquele saco enorme que matava de calor e transpiração. Babi estava linda, sua altura e visual mais adulto funcionando melhor que o das outras no vestido, e auxiliados pela habilidade na maquiagem que Dona Bárbara tinha, e lhe fez aprender desde muito nova. Eu tentava não olhá-la demais. Rodrigo, cabisbaixo, ruim do estômago graças aos remédios, ficou sentado na maior parte da festa. Não pareceu sequer se importar com a moral que ganhou quando Venâncio, tonto pela pinga que o pai lhe deixou beber naquele dia, catou da mesa sua carteira e mostrou à turma a camisinha que achou lá. Mais tarde, bêbedo, Venâncio começou a correr atrás de algumas meninas com o pau de fora, o que vimos com uma mistura de nojo e vergonha alheia. Babi se levantou irada, e seguia na direção dele quando a própria mãe de Venâncio o puxou pelo cabelo e lhe deu um tapa estrondoso no rosto. Envergonhado como nunca, ele se afastou, marca vermelha no rosto, tentando esconder que chorava. O pai ignorou por completo a cena. Rodrigo, como sempre, rejeitou metade das meninas da turma, que puxavam papo ou lhe enviavam bilhetes, sentado e se sentindo mal em sua mesa. Eu consegui aproveitar a festa, brincando com Boi, Venâncio (antes do evento), e com os sem-rosto. Passava sempre pela mesa de Rodrigo, me sentava um pouco e conversava com ele, que mencionava "os remédios" mas nunca entrava em detalhes. Depois, eu me levantava outra vez, encontrava os outros, dançava alguma música que começava a tocar e de que gostava. Vez em quando, algum outro menino ou menina se sentava e conversava com Rodrigo; os meninos riam, as meninas falavam tímidas, e ele parecia impaciente nos dois casos — até, pelo menos, que Babi se sentasse ali, e começassem os dois suas conversas entusiasmadas. Ela ficou ali um bom tempo, mas não me aproximei. Num certo momento, quando olhei, nenhum dos dois estava sentado lá. Fomos embora cedo, de carona com Rodrigo e sua mãe. Marta e Venâncio no banco da frente, e atrás, a Mãe, eu, o Rodrigo, que o tempo todo olhou pela janela, em silêncio. Não tinha se despedido de ninguém e me pareceu que seus olhos estavam vermelhos, mas não consegui ver claro. Me incomodava o modo como as meninas choviam nele, e não entendia como ele podia recusar os beijos que ofereciam. Ficava pensando se era por isso que elas se sentiam tão atraídas por ele, ou se ele era simplesmente tão bonito assim. O Venâncio menino sempre nos enchia o saco com piadinhas, chamando a gente de veado, casalzinho, o que nunca me incomodou, mas as piadas gradativamente aumentavam conforme mais e mais meninos da turma trocavam seus primeiros beijos, conforme Rodrigo era claramente desejado mas nunca fazia nada, e eu mesmo comecei a me perguntar se ele era gay. No meu pensamento bobo de menino ele já teria dado em cima de mim se fosse o caso, ou então estaria evitando por me ver como irmão. No fundo, talvez não quisesse aceitar que, se as meninas da nossa turma não se interessavam por mim, ele, se fosse gay, era só mais alguém sem interesse — e mesmo pensar nisso era um meio que desconforto. Na formatura, o desaparecimento dele e da Babi durante a festa parecia confirmar uma intuição ou medo que eu já carregava: de que os dois tinham sim alguma coisa, há tempos, mas fingiam que não, que davam algum jeito de distrair Dona Bárbara quando Rodrigo a visitava, e se agarravam a suas costas. Na mesma semana da festa, Rodrigo dormiu na minha casa. Estava bem. Não havia sinal de problemas do estômago ou do mal humor da formatura. Levou seu videogame mais moderno que o meu e o Fifa, e ficamos jogando sentados na cama, bebendo guaraná e comendo os mini-cachorros-quentes que a Mãe fazia no pão de batata e eram espetaculares, o molho vermelho delicioso temperando o interior do pão. Em dia normal a Mãe não deixava jogar tanto, mas no dia seguinte Rodrigo viajaria, e ela abriu uma exceção. Batemos bola na garagem quando cansamos do videogame, mas estava tarde, e começaram os preparativos rumo à cama. Tomamos banho, a Mãe arrumou a cama de Rodrigo ao pé da minha, e esperou que nos deitássemos para apagar a luz, extraindo antes a promessa de que não ficaríamos acordados até tarde. No último segundo antes de ela apertar o interruptor, eu vi que escapava, debaixo da pequena TV de tubo do meu quarto, um triângulo de papel, uma pontinha mínima da revista pornográfica que tio Cássio tinha dado alguns anos atrás. E por alguma razão aquilo foi um gatilho, golpe indireto na minha autoestima baixa, nascido das dúvidas adolescentes e do pensamento amedrontado de que, graças ao desinteresse que eu pensava existir por mim, aquela revista talvez fosse o máximo que eu me aproximaria do sexo. Não fosse isso, talvez eu não tivesse perguntado. Não sei se transpareceu na pergunta raiva, inveja, ou se havia nela um ressentimento que não chegava a ser raiva, mas poderia chegar. Me arrependi imediatamente, irritado comigo mesmo, envergonhado pela pergunta que parecia sair do nada, que chegava tão repentina, que na minha típica vontade de evitar esses assuntos, eu talvez nunca fizesse.

Você ficou com a Babi?

Estávamos deitados de costas, eu na minha cama, ele no colchão. À noite, a luz dos postes em frente à minha casa não iluminava bem o quarto, mas coloria a janela e a cortina, desenhava o contorno dos móveis e tornava possível me desviar deles e enxergar a silhueta de quem estivesse ali, embora expressões faciais continuassem quase invisíveis — não que, na minha vergonha, eu tivesse a intenção de olhar para Rodrigo. Cada segundo de silêncio aumentava a minha certeza da resposta. Eu queria não ter perguntado, eu nunca perguntaria novamente, e já começava a ter certeza de minhas suposições quando ele disse algo que eu jamais esperaria ouvir.

Eu tenho HIV.

Minha respiração mudou, num salto. O susto. Olhava para o teto escuro. Esperei imóvel, por alguns segundos, mas ele não disse mais nada. Fui eu quem falou.

Achei que você fosse virgem.

Eu sou.

Eu nasci com HIV. Minha mãe não sabia que tinha quando ficou grávida e meu pai não deixou ela fazer exame.

Os remédios que eu tomo são pra isso.

É por isso que eu não quero, eu não vou. Como eu vou contar isso pra alguém? Uma coisa dessas? E como eu fico com alguém sem contar?

Ele se sentou. Aos poucos a voz ficava urgente, tremia, recortada como a voz de alguém que ofega, mas sempre baixa, confidencial. Eu percebia sua silhueta, o traço vago de seus gestos no escuro, e era como se naquela voz eu ouvisse também as expressões de seu rosto.

Eu te conheço a vida toda, Treino, eu conto porque eu confio em você, porque a única pessoa com quem eu posso conversar sobre isso é minha mãe. Meu pai não me deixa tocar no assunto e aqui na cidade não tem grupo de apoio nem nada, e se tivesse eu não teria coragem de ir por medo de alguém ficar sabendo.

Eu sei que não tem nada de errado, mas eu tenho medo. Não quero que as outras pessoas tenham medo, medo de mim, medo de pegar, mesmo sendo quase impossível porque eu tomo os remédios em dia desde sempre.

Ninguém pode saber disso.

Eu já chorei tudo que tinha que chorar.

Descobri naquele natal que te dei o walkie-talkie, lembra?

Naquelas férias eu viajei. Fui pra Porto com meus pais. Conheci uma menina no hotel, a gente ficou amigo, e numa noite, depois do jantar, a gente ficou conversando e eu dei um beijo nela. O único beijo que eu já dei.

Mas antes que terminasse eu senti a mão do meu pai no ombro e ele me puxou e me empurrou no chão, a menina gritou, a cara dele era de assassino, ele tava bêbado, começou a gritar comigo eu não entendia o quê, e a menina saiu correndo. Minha mãe também tinha bebido e gritou e começou a chorar e entrou na frente dele e me puxou pela mão, me arrastou pra longe. Ele ficou gritando pra nós de onde ele tava, e minha mãe correu comigo pra um lugar mais calmo e me contou.

Eu fiz voto de castidade pra mim mesmo.

Pensei em prometer pra Deus, mas eu tava puto demais com Deus. Eu lembro da dor, do medo, dos gritos, e agora eu tenho medo, medo de contar pra alguém e a notícia vazar, medo de não contar e a pessoa descobrir e me odiar pra sempre. Eu tenho medo, Treino, medo.

Você lembra, aqueles meus livros sobre biologia, doenças, um monte de coisa chata, que eu não tinha a menor condição de ler, mas eu lia, com a internet pra ajudar a entender, porque não podia perguntar pra ninguém, só pro médico, que explicou umas coisas mas não tinha tanto contato.

Tem gente que transa, sabe? Eu li. Eu participo de uns fóruns online e alguns caras comentam que transam sem medo. Os parceiros tomam um remédio que chama PREP e usam camisinha, mas tomando tudo certinho e fazendo exame periódico, mesmo se estourar não tem perigo. Eles falam que usam camisinha mais pra prevenir contra outras doenças do que por conta do HIV. Que não tem risco. Ninguém vai pegar de você. Mas o povo é ignorante. Não acredita.

Senti seus olhos em mim, mesmo com a luz apagada — eram uma intensidade nascida com a voz. Eu queria responder, mas só pensava em coisa pequena, no consolo vazio dos funerais. Ouvia.

Se não tem risco, não existe motivo pra contar. Se eu tomo os remédios e uso camisinha eu não coloco ninguém em risco, o segredo é meu, e quem vai sofrer se ele sair sou eu. E sei lá, faz sentido. Eu não preciso me expor. Não tô arriscando ninguém.

Mas eu não *quero* assim, sabe?, não quero estar mentindo ou omitindo na primeira vez. Quero que seja alguém em quem eu confio pra contar. Não sei se isso é bobo, se é burrice, mas eu quero.

Se conseguir, eu prefiro morrer virgem.

Corro, corro, me concentro, recupero o ritmo, respiro, me concentro, dois dentro, dois fora, peito ardendo — respiro, diminuo a marcha. Respiro. Tento um pouco de calma. Olho o redor. Não acho que passei mais de uma vez pela mesma rua, mas percebo que, guiado pelas interrupções do tráfego, acabei contornando quarteirões e pouco me afastando do ponto de partida. Estou perto da Santos Andrade, praça-cartão-postal de Curitiba, com o enorme prédio, impressionante, antigo, que serve como campus universitário. O apartamento de Tia B. é próximo, e decido correr os quarteirões até lá. As ruas já estão cheias, sou obrigado a me desviar em certos momentos, mas dou um jeito de voltar para a direção que procuro, de seguir pela velha rua conhecida, pequena mas repleta de lojas, teatros, residências, várias delas em casas centenárias, mas relativamente novas em aparência. O apartamento de Tia B., ao contrário, é novo, três quartos no primeiro andar — incluindo o quarto em que Carol cresceu, onde eu mesmo dormi durante sete anos. Rodrigo chamava a casa de Tia B. de "sem personalidade"; eu discordava. Para mim, fazia todo sentido: a personalidade elétrica, eficiente da Tia, sua aversão a qualquer tipo de desperdício, se encaixavam com a limpeza absoluta, as paredes sem quadros, e a decoração inexistente a não ser pelos incontáveis abajures e luminárias e lâmpadas de vários tipos e tamanhos que se espalhavam pela casa, um dos quais ganhei de presente dela ao me mudar. Vou ser sempre agradecido a ela por me deixar morar por tanto tempo em sua casa sem pagar o que fosse, sem nunca um olhar dizendo que eu tinha ultrapassado o limite de sua boa vontade. Lagoa da Prata era distante de universidades federais e, sem dinheiro para pagar as particulares da região, se não fosse pela Tia, teria sido obrigado a viver com tio Cássio em Belo Horizonte, o que não me parecia lá muito atraente. Consegui de algum jeito *você se subestima demais* passar em Educação Física na primeira tentativa. Rodrigo também não queria ficar em Lagoa, mas ainda que tivesse muito mais opções, das universidades particulares da região às federais mais distantes, acabou aceitando a insistência de Marta, para quem, se não ficaria em Lagoa, deveria ir comigo para Curitiba, onde a universidade era boa e ele teria apoio em mim e na minha família. Ele, que queria sair da casa dos pais, aceitou. Melhor que nada. Não tinha passado em nenhum curso (nem tentado), mas não queria continuar morando na cidade, e graças a um ou outro conflito envolvendo os pais, de que só fui saber depois, não houve muita insistência para que ficasse, embora Marta tenha ficado chateada com a mudança. Combinamos a viagem: iríamos no carro dele que, ao que parece, mesmo que motorista há menos de um ano, já dirigira bastante entre as cidadezinhas da região. No dia da viagem, nos despedimos do Venâncio, da Marta, e da Mãe, que chorava intensamente *Meu pai morreu quando eu era criança. Acidente de carro.*

É por isso que minha Mãe não dirige.

Eu me lembro de que ele morreu num acidente, caro, mas acho que não sabia desse detalhe.

Acho que quando a gente conversou, nem eu sabia.

Era ela quem estava dirigindo. Mas não foi culpa dela. Outro carro furou sinal num cruzamento. Ela tentou desviar, mas não conseguiu.

Meu pai morreu na hora, e a família dele culpou minha Mãe — é por isso que não tenho contato com o lado dele da família. Pelo que ouvi dizer, meus pais estavam saindo de uma festa quando aconteceu, e meus avós acusaram ela de ter bebido antes de dirigir. Acho que não é verdade, mas não sei. Depois disso, ela nunca mais conseguiu pegar num volante. Chegou a tentar, mas as mãos tremiam, tinha crise de choro...

Você viu isso?

Não. Foi meu tio quem contou.

Aquele seu tio escroto?

É. É o único. Ele me contou no início do colegial, quando me ouviu perguntando pra minha Mãe por que ela não dirigia, e me chamou pra conversar. Falou que aquele assunto deixava ela chateada.

Sei...

Rodrigo levou o cigarro à boca numa de suas tragadas típicas, longas, fortes, carregadas de um quase desespero.

Ele tem filho?

Não.

Mas a história é verdade, mesmo. Eu tenho alguma suspeita de que a minha Mãe nunca mais se aproximou de alguém por isso, sabe? Cicatrizes que o meu pai deixou.

Eu lembro de algumas cicatrizes que ela tem, de ver quando ela andava na sua casa com pijama ou alguma roupa menor.

Foi estranho ouvir aquilo, que ele dissesse tão abertamente que tinha reparado no corpo dela, seja ou não pelas cicatrizes. Ao mesmo tempo, era reconfortante ter alguém como o Rodrigo para falar sobre isso, alguém que me conhecia a esse ponto.

Não era bem dessas cicatrizes que eu estava falando.

Eu sei, caro. Pegamos a estrada, e pelo bluetooth Rodrigo colocou a playlist que tinha baixado — e me surpreendi por não conhecer praticamente nada. Boa parte das coisas perguntei na hora ou descobri com o tempo, mas lembro de me impressionar com a mistura quase que aleatória de sons: Madonna, Hermeto, Moreira da Silva, Lady Gaga, Caetano, Criolo, System of a Down, Kanye West, Ney Mato Grosso, misturados com algum jazz e música clássica que mesmo hoje, se eu chutasse o nome, erraria. Eu reconhecia uma ou outra coisa mais pop, enquanto ele cantava acompanhando a maioria, talvez ocupando o espaço que, de outra forma, acabaria sendo preenchido pela conversa que ele queria evitar. Na época, embora não fosse um grande leitor de rostos ou gestos, já era melhor que na infância. A frieza de Rodrigo não saltou aos olhos como salta agora, realçada pela memória, mas nem minha surdez pôde esconder o silêncio frio que ocupou tanto das 12 horas de viagem. Perguntei a ele se estava bem.

Desculpa, caro, tirei a carta faz pouco... acabo me preocupando.

Fingi para nós dois que acreditava, mas no fundo não engoli a desculpa. Não me lembrava de ele parecer desconfortável comigo, sem graça, sem voz. Tínhamos nos afastado ao longo do ensino médio, e as conversas chamavam a atenção para o fato de que não nos víamos mais com tanta frequência; o que tínhamos em comum diminuíra drasticamente. Ele, que sempre fora mais articulado e nunca deixava que nossos papos antigos morressem, agora não se importava, e eu não conseguia sustentar a conversa. Dormi por algum tempo.

Olhamos pela janela. A cada tantos minutos, ele parava o carro para fumar — hábito novo dele, de que ouvira dizer e pela primeira vez via à minha frente. Quando conversávamos, era aquele *Esses idiotas, ultrapassando assim, colocam a vida deles na minha mão. Eles dependem da minha habilidade, da minha decisão de frear ou não. Se eu não frear, caro, morremos todos. Queria que eles entendessem isso, que isso não é poder, é dependência, que* papo de encher o ar, esconder constrangimento. Chegar em Curitiba foi um alívio. Rodrigo cumprimentou Tia B., mas não quis jantar, disse que tinha horário marcado para buscar a chave do apartamento que alugaria. Tentei não enxergar nada nisso, e fui ajeitar minhas coisas no quarto que há pouco fora da Carol, onde ela deixara o videogame (Ricardo tinha o mesmo e outros) e os livros, deixando colado na estante um recadinho cheio de recomendações para mim. As paredes eram cobertas de pôsteres de jogos, Diablo, Final Fantasy X, XV, de uma televisão grande, e uma delas tinha um armário embutido e espelhado de seis portas, das quais eu precisaria de duas. Jantei com Tia B. e Vó Bia, troquei mensagens com a Mãe e com os poucos amigos de Lagoa com quem manteria ainda alguns dias ou meses de contato — mas acabei desmaiando de sono. No dia seguinte, quando saí do quarto, a Vó assistia algum programa sensacionalista da Record na sala, xícara na mão, e me sentei à mesa farta, frutas, queijo, presunto, leite, até sucrilhos, bem diferente do pão com manteiga e café a que eu era acostumado. Comi pão com manteiga e café, e depois, insistência da Tia, uns pedaços de mamão. Tia B. arrumou a cozinha e começou imediatamente a preparar o almoço.

Dormiu direitinho, Treino?, conseguiu descansar?

Consegui.

Sua prima vai vir almoçar com a gente hoje, bom que você vê o Ricardo também.

Não faria diferença para mim, mas respondi

Que bom Tia, tomara.

Você vai gostar dele, ele é muito bom pra ela; por que você não chama o Rodrigo também?

Vou chamar.

O telefone na mão, mas terminei meu café primeiro. Me incomodei ao pensar no dia anterior, alguma preocupação, mas instado pela Tia enviei zap e chamei para o almoço, negando a mim mesmo que fosse algo mais, tentando me convencer que era mesmo só a preocupação com a estrada que o distraíra — mas ele recusou. Tinha mesmo alguma coisa errada. O adolescente imbecil que eu era não perguntaria de novo, nunca. Não sei dizer por quê. Teríamos nos afastado. Mas minha Tia:

O quê?, como assim, Treino?, Me dá aí!

Pensei que ele não atenderia. Não sei se o fato de que nunca telefonávamos (quem telefona?) teve algum impacto.

Alô? Rodrigo?

É a Tia B., Rodrigo, tudo bem?, como assim não vai almoçar com a gente meu filho!, eu tô morrendo de saudades suas, o Treino tá aqui.

Não não não, vai vir sim, te busco aí agora.

Tá bom, mas então você vem né?, tem o endereço aí?

Combinado. Vou te esperar hein?, se não, apareço aí e te busco.

Me devolveu o telefone.

Não vai vir!, só faltava.

Notou minha Avó.

Mãe!, não acredito que a senhora tá assistindo isso de novo, Mãe!, eu já te falei que isso faz mal pra você...

Voltou ao trabalho antes mesmo de terminar a bronca na Vó. Voltei para o quarto, coloquei a xícara com café na mesa de cabeceira e me deitei. Fucei em instagram, facebook, assisti Whinderson, Cazé — não, Cazé não existia —, evitei pensar no assunto. Rodrigo chegou uma hora depois. Cumprimentei, talvez estivesse visivelmente constrangido, fingidor ruim, mas minha família, em sua alergia ao silêncio, não deixava espaço para momentos constrangedores. Se minha Vó já estava sentada à mesa num silêncio atípico, repetindo uns poucos movimentos na tela do smartphone, Tia B. continuava elétrica.

Vem cá me dar um abraço menino, devia ter descido ontem!

E agora foi Rodrigo quem pareceu constrangido.

Desculpa Tia B. Chegamos tarde, eu não queria incomodar, essa viagem longa...

Deixa de ser bobo, incômodo nenhum, mas é cansativa mesmo a viagem, ainda mais pra motorista iniciante, estrada tensa, levaram quanto tempo?

Umas 12 horas.

Doze?, nossa, tempo demais né!, Carolina, minha filha, finalmente, olha quem veio!

Oi, Rodrigo, tudo bem? Treinooo!

E nos abraçamos. Nos víramos no Natal, no mês anterior, encontro que normalmente era o único do ano. Parecia tempo.

Cadê o Ricardo?

Foi almoçar na mãe dele.

Ricardo nunca almoçava com os pais, mas Carol sabia que essa era a desculpa que Tia B. aceitaria.

Achei que ele vinha pra cá.

Não, Mãe, eu tinha te falado.

Traz ele depois, pra ver o Treino! Gente, vamos pra mesa?, começar com uma saladinha, daqui a pouco sai a lasanha.

Eu e Carol sempre brincávamos que Tia B. não precisava respirar. Nos sentamos, eu conversando à toa com ela, combinando visitas, falando dos jogos no quarto, a Tia ainda perguntando ao Rodrigo sobre a viagem e a família em Lagoa da Prata, e a Vó distraída por algum tempo, até falar, de repente,

Carolina.

Oi, Mãe?

Não, a outra.

Oi, Vó?

Qual é o item mesmo pra evoluir o Çáiter?

Qual?

O Çáiter.

Vem cá.

Mas doze horas hein? Tá certo, precisa descansar, que dia começam as aulas?

Eu ainda não passei em universidade né... O Treino—

Não!? Mas meu filho, inteligente assim!

Ah, demorei pra decidir a cidade, acabei perdendo as datas. De início achei que ia pra BH.

Carolina.

Que foi, Mãe, tô conversando com os meninos.

Viu o Datena, que coisa horrorosa, o pai que matou a esposa e o filho gay?

Credo Mãe, que assunto, que coisa horrível, por isso que eu te falo, pra quê ficar assistindo essas coisas.

É jornal, uai.

Jornal não, urubu, tragédia, credo.

Carolina.

Oi, Mãe?

Vê se a lasanha ficou pronta.

Ficou.

Traz ela, então.

E em pouco, no suporte em cima da mesa, o molho ainda borbulhando, Carol colocou com algum esforço a travessa gigantesca com a famosa lasanha de espinafre da Tia B.

Tá vendo, Rodrigo, o que você ia perder?

E ele sorriu. Ia fazer o quê? As conversas incessantes da família acabavam te puxando de algum jeito. Eu, mais quieto que elas, costumava detestar essa insistência que tinham em me puxar para uma conversa, mas agradeci nesse dia. Nem as interrupções aleatórias da Vó me incomodaram ou pareciam incomodar o Rodrigo, e a sobremesa, banana em calda com sorvete de creme, era a iguaria da minha família de que ele mais gostava, e comeu com gosto. Quando terminamos, continuamos algum tempo sentados na mesa da cozinha, tomando o café que Tia B. passou, e foi aí que a conversa ao redor nos lembrou da frase mais estranha ouvida no almoço, que tinha se perdido no meio do caos.

Carolina.

Oi, Mãe.

Por que você não leva os meninos com você, pegar os pokémons da sua Avó?

Eu e Rodrigo trocamos olhar de dúvida. Não sei se a Tia notou, mas decidiu explicar.

Verdade, vocês não sabem, né?, minha Mãe é doidinha com pokémon, como é que chama o negócio que você fundou, mãe?
A Vó resmungou.

Oi?

LPTI.

Mas quem explicou foi a Carol.

LPTI é a Liga Pokémon da Terceira Idade.

Eu não respondi. Não queria demonstrar que tinha achado graça. Não olhei pro Rodrigo por medo de rirmos os dois. Ele conseguiu quebrar um silêncio com um

Que legal...

em tom de dúvida, enquanto a Carol, com um sorrisinho, observava nossa reação, até que a Vó quebrou o silêncio.
Então vamos, Carolina? O dia comunitário acaba cinco horas.
A gente já vai, Vó, só um minuto.

Treino, vem cá? Vamos mostrar o quarto pro Rodrigo antes de ir. Já voltamos, Vó.

E seguimos pro quarto.

Você tem pokémon aí?

Acho que qualquer um com menos de 40 na época do lançamento e um telefone mediano chegou a instalar ao menos uma vez. Meu telefone tinha espaço limitado e, além disso, nele o programa travava e engasgava — acabei deletando. Quanto a Rodrigo (que agora fuçava nos livros) e Carol, ambos instalaram na época e deixaram o negócio atualizar e se instalar automático nos novos aparelhos que compraram. Instalei de novo, a pedido da Carol. O Rodrigo fez algum comentário sobre a estante, e a Carol

Pois é, vamos ver se o Treino aproveita.

E os dois fizeram a mesma cara implicante, embora eu já fosse um leitor muito melhor que alguns anos antes.

Mas vamos lá, antes de a Vó reclamar de novo.

E saímos. Rodrigo, que nem queria almoçar ali, de repente dividia comigo o banco de trás do carro, se deixava levar pelos acontecimentos. Achava graça. Estava curioso, acho, para ver quantos e como eram os tais membros da LPTI. Pela primeira vez vi Curitiba à luz do dia — mas mal tinha olhado pela janela quando chegamos, que o Passeio Público era perto. Os tanques, que na maior parte do tempo eram cheios de água e peixes, estavam vazios, e o parque era pequeno em comparação a vários outros da cidade, mas ainda assim me pareceu lindo, fresco, as árvores diminuindo o calor que em fevereiro ainda fazia. Do lado do passageiro, Rodrigo abriu a porta para a Vó e deu o braço, ajudou a descer, ganhando dela, tão mais baixa, uns tapinhas no rosto.

Tá vendo, Treino, é isso o que é educação. Aprende.

Eu sorri amarelo, e a Carol simplesmente riu.

Credo, larga de ser escrota, Vó.

Mas a essa altura a Vó tinha se distraído com um pokémon e voltara a fazer seus movimentos na tela do telefone, enquanto caminhava muito, muito lentamente, entrando no Passeio.

Vai acostumando, Treino. A Vó vem aqui pelo menos uma vez por semana encontrar a LPTI.

E de repente o Rodrigo não aguentou e começou a rir, rir forte, quase derrubou o celular, e eu e a Carol rimos também, menos da situação que da risada dele, aquela risada aguda misturada com roncos quando puxava o ar. A Vó, vários metros à frente, meio surda, muito distraída, ignorava.

Como você nunca me contou isso, caro?

E ria. Eu mesmo procurei o fôlego para responder.

Eu achei que a Carol tava brincando quando me contou.

Nada, a Vó é firme!, juntou com um grupo de velhinhos que achou na cidade e montaram essa Liga aí, que é tipo um grupo de WhatsApp com nome adolescente. Toda segunda e quarta eles encontram pra caçar pokémon ou participar de reide, discutir estratégia, etc.

Só entendi parte da frase.

Mas hoje é domingo.

Ah, é, mas é dia comunitário.

Depois de ver no meu rosto que essa informação não mudava nada, continuou.

É tipo um dia em que algum pokémon específico aparece um milhão vezes. Você tem uma probabilidade boa de pegar ele shiny (que é quando ele tem cor diferente, é bem raro), daí você pode conseguir todas as evoluções dele e etc.

Ah.

Pois é. Só que isso só acontece de vez em quando, e só até as 17hrs. Por isso a Vó me põe louca. Se depender dela, ela chega na hora em que começa e fica até acabar, ou até mais. E vai se preparando que de agora em diante isso vai ficar por sua conta.

Lógico que não.

Ah, lógico que sim! Não tô mais morando na casa da Mãe, e ela não sabe nada nada.

Eu também não.

Mas você acha o que precisa numa pesquisinha de 10 segundos e aprende rapidinho. Fora que eles se viram — você só precisa acompanhar porque a Mãe preocupa.

E de fato, a Vó basicamente nos ignorava. Se juntou a dois homens de ao menos 70 anos cada, que cumprimentaram com um aceno e depois mergulharam com a Vó na tela dos seus telefones, todos com powerbanks do lado, que o app gastava muita bateria. Só aí reparei um pouco melhor no parque. Percebi que os tanques mais internos não estavam vazios como os primeiros que vi, e se somavam às árvores e à grama para conter o calor. O número de pessoas jogando pokémon me parecia quase inacreditável. Os pipoqueiros e sorveteiros que havia no parque vendiam powerbanks, e uma ou outra pessoa tinha suportes de madeira com vários celulares em cima e powerbanks ao lado, que os amigos ao redor também usavam. Eu mesmo, embora tivesse instalado mais cedo, nem tentei: meu telefone engasgaria e eu passaria raiva, mais nada. Pensei em perguntar como ela esperava que eu levasse a Vó sem carteira nem carro nem dinheiro, mas —

Carol!

Ahhhhhh!

Era Maitê. Nos cumprimentou com aquele beijo formal dado pelas bochechas, na sem-gracês com que aos poucos eu me acostumaria na cidade. As duas conversaram entre si, enquanto minha Avó, a alguns metros, e o Rodrigo, ao meu lado, capturavam seus bichos. E por mais que ela tentasse fazer aquilo parecer uma agrura, agisse na frente da Maitê como se fosse grande sofrimento levar a Vó até ali, ficava claro que não *A Carol tem vergonha de umas coisas na minha frente. Ela sabe a minha posição sobre tudo, Política, relacionamentos, alimentação, etc., acho que fica intimidada. Sabe que acho esses joguinhos perda de tempo — ainda mais pokémon, empresa enorme fechando trato com McDonald's e a puta-queopariu — então ela finge que não gosta na minha frente.* Mas eu conhecia a Carol bem o suficiente para saber que não faria aquilo se não tivesse vontade, e quando um pokémon outrocolorido apareceu, ela e a Vó e o Rodrigo acudiram aos gritinhos à tela do telefone de um dos outros idosos, como aconteceria outras vezes naquela tarde. Maitê e eu, sozinhos, achando graça, ficamos para trás, coagidos pelo estar juntos à conversa mole dos desconhecidos.

Tu também veio de... como chama? Lagoa Santa?

Lagoa da Prata.

Isso, Lagoa da Prata. Que mudança hein?

Pois é.

Maitê tinha o hábito de olhar atenta o interlocutor, de dar uma atenção às suas palavras que era desconcertante, desarmava. Um pouco mais e eu chamaria de invasivo.

Boa sorte, piá. A Carol chegou aqui criança, mente maleável, amizades mais fáceis de arrumar... pra ti não vai ser tão fácil, mudança grande, assim, de um salto.

Rodrigo e Carol, próximos outra vez, já ouviam nossa conversa. Rodrigo olhava Maitê com no mínimo curiosidade; Carol a abraçou.

Para de assustar o menino, Maitê. O Treino vai se dar superbem.

As duas continuaram conversando até o aparecimento do próximo pokémon brilhoso, que foi quando Maitê se afastou, tirou um livro da ecobag que trazia nos ombros e sentou na grama, as costas apoiadas numa árvore. Vontade eu tinha de me sentar ao lado dela, puxar algum assunto, mas na cidade nova a timidez falava mais alto, e acho que me sentia um pouco intimidado por ela. Naquela época, até o fato de que ela não usava sutiã bastava para me inibir — me atraía, mas constrangia ainda mais. Continuei acompanhando Carol, Vó e Rodrigo, que seguiam atrás de seus bichos; a Vó seguia mais próxima dos outros idosos da LPTI, enquanto Carol e Rodrigo conversavam e eu, que variava entre facebook e zap, não me lembro das conversas entrecortadas que tive com eles no meio tempo. Sei que, depois que acabou, voltamos para casa em meio a uma conversa entusiasmada entre a Vó, Carol e Rodrigo sobre quantos e quais pokémons foram pegos, embora Rodrigo tenha passado a última hora no passeio sentado ao lado da Maitê no gramado, conversando coisas que não ouvi. Eu e ela, no carro, seguimos silenciosos — eu por timidez, ela carregada do arisco dos curitibanos, e desinteressada pela conversa dos outros três. Maitê nos chamou para o Posto do Bonfim, Carol avisou ao marido que iria com a gente, e seguimos no carro dela rumo ao lugar. As janelas do carro, em Curitiba, mostravam outro mundo que o de Lagoa da Prata, mesmo que, no domingo, nosso carro conseguisse deslizar lento por algumas ruas sem que a cidade o pressionasse com exigências de velocidade. Não sei do que conversamos, mas atingimos um ritmo, um momento nosso de encaixe, desses que só se consegue com bons amigos e que, na memória, existem só enquanto sensação, vontade de retorno. As luzes do centro da cidade grande explodiam nos arredores e a noite resplandecia. Senti vontade de me estender para fora do carro, sentir o vento, mas não cedi a ela. No posto, grupo e outro como nós, cervejas na mão como pegaríamos as nossas, se espalhavam de pé, recostados em carros ou sentados no meio fio, como também ficaríamos. Maitê e eu nos sentamos no meio fio, Rodrigo e Carol apoiados no capô. Falamos da nossa mudança recente, da minha entrada na UF, do casamento da Carol.

Abandonou o movimento.

Maitê disse com um sorrisinho, mas se via por trás o amargo. Empurramos o assunto para livros, filmes. Carol conhecia bem ficção científica, Maitê sabia mais de política, eu conhecia pouco dos dois, e Rodrigo me surpreendeu por conhecer bem os dois temas, embora eu não me lembrasse de ele ter interesse ou saber o que fosse sobre política quando andávamos juntos. Ele estava como há tempos não via, desenvolto na conversa com as duas. Mencionava os últimos anos, em que estivemos distantes, citando acontecimentos que eu nunca imaginaria de um passado muito mais interessante que o meu. A diferença entre nós aumentara, e ele parecia maduro, enquanto eu era ainda o moleque do colegial. Meu maior susto foi quando ele contou, como se nada, que tinha HIV. Que tinha nascido com. Que a mudança de cidade, pelo menos, foi boa para que ele apagasse da cabeça um relacionamento recente com um homem mais velho. Eu ainda pensava que era o único a saber do HIV, via nisso um vínculo entre nós, e descobri ali que não só já não era segredo, como eu sequer sabia que ele teve um namorado. Percebi que ignorava parte importante da vida dele, que nunca perguntara, ou pelo menos nunca perguntara com a intenção de ouvir. No posto, bebemos juntos pela primeira vez, e eu, que nunca tinha visto em pessoa um baseado, vi Rodrigo bolar o seu com habilidade nascida da experiência, enquanto contava histórias daquele passado que era novo e tão inesperado para mim. Nos quase dois anos em que havíamos ficado mais distantes, ele tinha passado por tão mais que eu, por tão mais do que me parecia possível. Muito do que contou era ligado a Werner, universitário da cidade vizinha que deu palestras em nossa escola, e sobre quem tantos boatos tinham surgido. Percebi a importância daquele ano perdido, a vaziês em que a minha ausência pôde se transformar. A reconexão que conseguimos nesse dia, esse reinício sutil, deram a ele razão para que aceitasse meu convite seguinte, na mesma semana, para que voltássemos sozinhos ao posto, pegássemos uma cerveja e nos sentássemos no meio fio do outro lado da rua, os olhos vagando entre os carros que paravam ao lado do posto com seus equipos quase irracionais de som e público próprio. Sentia que não escutar, não entender o que ele tinha passado, nos colocava a uma distância enorme. Perguntei.

Caro... o Werner é história longa e desagradável.

Mas eu quis ouvir. Talvez só por isso tenha recuperado parte da nossa amizade. Imagino que ele percebeu minha preocupação nessa pergunta rara, e acho que se alegrou. Me contou desde o início, mesmo a parte que eu já conhecia. Werner estudava medicina numa cidade vizinha, e foi à nossa escola fazer uma apresentação quando estávamos no final do segundo ano. Me lembro de uma pontada de inveja quando ele atravessou o pátio e dezenas de olhos se viraram para vê-lo passar. Alguns grupinhos se formaram, perguntando se era ele o universitário que falaria conosco depois do intervalo, substituindo a primeira aula de biologia. Entramos na sala onde ele havia preparado a apresentação e nos sentamos no caos típico do ensino médio. Quando ouvimos seu nome e sobrenome, o ar tremeu com as dezenas de mãos buscando smartphones e perfil no instagram. Mas daí ele falou. Disse que tinha HIV. Que tinha saído do útero com a doença.

Antes eu tinha medo, mas não tenho mais vergonha de falar. Me lembro de olhar instintivamente para o Rodrigo, de desviar o olhar rápido por medo de revelar alguma coisa, mas Rodrigo não percebeu. Seus olhos estavam grudados em Werner, no desconhecido que, de repente, dizia à escola tudo aquilo que ele sempre quis que soubessem. Werner disse que os remédios, tomados com cuidado, impediam a transmissão, que não existia risco num beijo ou mesmo no sexo se as medicações e exames estivessem em dia, o parceiro usasse PREP, além é claro, da camisinha. Chegou a dizer que tinha namorada, e que se um dia decidissem ter filhos, teria tranquilidade: com medicamentos e exames, nem ela nem o bebê pegariam a doença. Rodrigo se traiu, balançando a cabeça afirmativamente vez e outra. Pensei em avisar, mas não faria diferença; ninguém imaginaria só por esses gestos simples, e Werner consumia a atenção de todos. Depois da palestra, Rodrigo permaneceu imóvel enquanto a manada de alunos saía, voltava para as salas em brincadeira e conversa. Quando só restávamos nós dois e Werner, ele me agradeceu por ter ficado, mas disse que eu podia ir. Que precisava falar com ele. Voltei à sala pensando que era inevitável. Uma palestra como essa tinha que tocá-lo de algum jeito.

Mas sabe o estranho?

Aquilo me esvaziou. Me deixou com menos esperança do que tinha antes. Ouvi as meninas dizendo que era uma pena ele ter HIV sendo bonito daquele jeito, se desafiando. Você tinha coragem? Duvido! E foi como se me arrancassem um futuro. Era inútil que soubessem se não entendiam de verdade, se agiam como quem não sabe, se o medo falava mais alto.

Era como se eu fosse um animal inofensivo, mas todos fugissem de mim por acharem que era venenoso.

O olhar de Rodrigo seguia sem controle pela rua que se estendia a partir do Bonfim, a mesma expressão com que, naquele dia, olhara para Werner, que à frente da sala se organizava para ir embora, a mesma expressão que tinha quando o deixei ali e voltei para a sala de aula. Pouco mais de uma hora depois, ao fim das aulas, ele não tinha voltado. Esperei algum tempo na porta da escola, mas ele não saiu ou voltou. Nunca tínhamos tocado no assunto depois de ele me contar que tinha a doença. Eu sentia que não era meu lugar, que não devia perguntar, que talvez o machucasse de alguma forma se ficasse relembrando. Hoje, imagino que talvez *ele* quisesse falar, que talvez lhe fizesse bem, e não sei dizer se eu deixava de tocar no assunto pelo bem dele ou pela minha vergonha, se ele deixava de falar porque não queria ou porque sentia que eu não estava disponível. Sei que, ao chegar em nossa rua, fui direto à minha casa. Não toquei sua campainha para ver se tinha voltado. Preferi não tocar no assunto. Se ele quisesse, podia me procurar. Eu estaria lá. Hoje, acho que foi um tipo de covardia, mas não acho que foi por isso que, nessa época, a distância entre nós, que vinha crescendo, aumentou ainda mais. O colegial foi tempo dos primeiros beijos, festas, transas, e aos poucos diminuíam entre nós as coisas em comum. Comecei a sair com outros amigos, e no início o convidava, mas aos poucos parei. Sabia que diria não e não queria mexer na ferida, deixá-lo com vontade de algo que ele prometera a si mesmo não fazer. Evitava até mesmo contar para ele sobre festas ou sobre as meninas da escola com quem ficava, com quem pensava que talvez conseguiria transar. Ele, em casa, lia e assistia livros e filmes cada vez mais complexos, cada vez mais distantes do entretenimento que eu procurava nos mesmos meios, e até nisso perdemos pontos de contato. O sorriso amarelo que ele fingia ao ver as comédias de que eu gostava era mais incômodo que o silêncio, e me parecia um julgamento mudo, um professor que elogia o péssimo desenho feito por um aluno de cinco anos. Acho que só Babi manteve com ele a mesma relação de sempre, ela que, presa pela mãe, não tinha tantas opções e tinha gostos parecidos. Enquanto isso, eu frequentava as festas dos colegas de escola, marcava encontros, pagava para que um aluno do terceiro colegial, parecido comigo, me emprestasse sua identidade para conseguir entrar em festas open bar. A Mãe me deixava sair desde que prometesse não beber nada, por medo de que eu seguisse os passos do Avô, e por isso eu bebia pouco, só o suficiente para que os amigos vissem que eu bebia. Tentei convidar Babi várias vezes, mas nem mesmo em festas pequenas na casa de amigas ela estava presente. Acho que ainda tinha alguma esperança com o Rodrigo, enquanto eu não tinha esperança nenhuma com ela, coisa que eventualmente aceitei. Imaginava que, enquanto estava nas festas, os dois estariam lendo e conversando entre si, à distância. Imaginava que, talvez, Rodrigo tivesse contado a ela, encontrado nela a pessoa em que podia confiar, e mais tarde descobri que isso era verdade, mas já não me incomodava. Às vezes eu ainda dormia na casa do Rodrigo — tínhamos o videogame em comum, além dos let's play que assistíamos no youtube nessa época pré-twitch. Nos sentávamos lado a lado na escola, como sempre, e por bom tempo ainda voltamos juntos — até que Werner chegou, e a escola se encheu de boatos que fizeram emergir a minha idiotice. O primeiro rumor dizia que Rodrigo, depois da escola, foi para um motel com Werner. Exagero, como boatos frequentemente são, mas duas meninas da escola, que não costumavam inventar, juravam que tinham visto os dois almoçando juntos. Piadinhas e comentários e olhares aumentavam cada vez mais, e para o Venâncio foi motivo de festa, tão feliz estava em ver suas piadinhas homofóbicas convertidas em realidade. Começou a falar merda, e me segurei para não lhe meter um soco quando disse que, se o Werner tinha HIV, devia mesmo ser gay, e que a essa altura o Rodrigo já tinha contraído de tanto dar o cú. Ignorei. Agi como se ele não dissesse nada. Eu não conseguiria rir, e me incomodava que falassem assim do Rodrigo, mas os outros riam, e eu tinha medo do que falariam se eu tentasse defendê-lo de algum jeito. Não sabia se Werner e Rodrigo tinham virado mesmo um casal, não sabia se me importava ou como — mas me importava com as piadas. Não rir das piadas parecia fazer de mim uma exceção, e de repente, piada ou outra que me colocava como terceiro da relação me parecia um tipo de ameaça. Me preocupava com o que as meninas pensariam e me sentia como que ameaçado com a expulsão do grupo. Não conseguia ignorar como o Rodrigo, não era assertivo para me impor e exigir que parassem como Babi, e menos ainda conseguiria fingir que achava graça. Minha reação foi típica do covarde que eu era, que espero não ser mais: me afastei, silencioso e lento, do Rodrigo. Deixei de dormir em sua casa. Diminuí o contato online. Acompanhava os outros durante os recreios. Me afasto do Posto do Bonfim, correndo a ritmo bom pelas ruas que cambiam entre paralelepípedos e asfalto, mas são invariavelmente íngremes. Sinto a instabilidade das pedras sob meus pés conforme penso no quanto odeio o adolescente que fui, o quanto gostaria de afogar qualquer resquício dele que ainda exista em mim. Se essa história não fosse minha, talvez eu pudesse olhar aquele moleque e dizer: é só um adolescente, egoísta como todos, ainda não aprendeu — mas não aceito essa desculpa para mim mesmo. Sei que, mesmo depois de adulto, não consegui fazer nada. Vivi perto demais das consequências e perdi meu melhor amigo. Causas e mais causas se somaram, se associaram para que tudo acontecesse como foi, e a responsabilidade é de muitos além de minha, mas isso não me diz nada; não me importa quantas mãos o empurraram se sei que uma delas foi a minha, por mais que a psicóloga tente me fazer ver de outro modo. Não queria pensar naquele tempo, naquele colegial egoísta e insuportável, mas de repente me parece que fugir do Bonfim, daquela memória, é de certa forma um me afastar do próprio Rodrigo. Comecei a correr para ignorar, para encobrir os pensamentos me concentrando em meu corpo e em minha respiração e nos passos e no ar, e agora corro a fuga de um criminoso, a memória me perseguindo pelo chão e pelas paredes e cidades, a memória de nosso afastamento, da enormidade de um se afastar tão pequeno. E me pareceu mesmo pequeno, então. Não pensei nele, em como ele se sentiria. Achei que talvez mal notasse. Ele não deixava transparecer nada. Eu só estava fugindo da mordida daquelas piadas, nada demais. E de repente, era o Rodrigo quem não estava mais lá, na volta para casa. Era ele quem não se sentava mais do meu lado. Eu sabia que era minha culpa, mas tudo foi tão gradual e silencioso que consegui não pensar naquilo, me convencer de que não. Não me passava pela cabeça o peso desse abandono, que hoje entendo, mesmo que o Rodrigo nunca tenha usado essa palavra. De pé, no posto, depois da frieza dele durante a nossa viagem, do asco com que parecera considerar a ideia de almoçar comigo, depois de entender que tínhamos nos afastado tanto a ponto de eu mal reconhecê-lo, eu queria ouvir. Acho que ainda queria que as palavras dele, de algum jeito, me fizessem me sentir melhor, que dissessem que as pessoas se afastam, que é natural. Talvez quisesse ouvi-lo como autopunição, como tentativa de redimir o mal que só agora percebia que tinha feito. Não, acho que não: isso é ver o passado com os olhos do hoje. Na época, estava preocupado com ele, e não queria perder meu amigo. Até então não me parecia tão óbvio o fato de que tinha deixado ele de lado num momento difícil: só percebi depois de escutar. Não acho que negava: não entendia. Mas agora estava ouvindo.

Naquele dia, fui até o Werner e me abri. Agradeci pela apresentação. Disse que também tinha HIV de nascença. Ele me olhou assustado, de um jeito que eu não esperava. Disse que era melhor não conversarmos ali. Me convidou para um café, perguntou ao diretor se podia. O diretor sabia que eu tinha HIV — precisava saber por "razões de segurança" — e permitiu.

O filho da puta não tinha HIV, caro.

Aquilo era teatro. Papo pra prender a atenção dos colegiais, causar impacto. Ele me confessou quando nos sentamos num canto daquele café perto da escola.

Eu não sabia se dava um soco ou saía correndo. Fiquei sem ar. Eu tinha contado para um completo desconhecido. Senti a pressão baixar, medo do desmaio...

Mas ele pegou minha mão (só hoje eu percebo que deve ter sido um primeiro passo). Pediu desculpas. Pediu desculpas com suavidade, com uma honestidade nos olhos... o desgraçado tem charme, sabe falar. Eu saí dali sem raiva nenhuma. Não sabia bem o que tinha sentido, mas fosse o que fosse, era uma coisa bem diferente da raiva.

Eu só tinha dado um beijo na vida, caro. Eu te contei, aquele puta beijo traumático, lembra? Vivi anos sob a pressão de um pai extremamente homofóbico, e uma semana depois daquela palestra eu estava comendo quase todo dia um cara cinco anos mais velho que eu.

Naquele primeiro dia, no café, ele pegou meu contato. Me adicionou no zap e ficamos conversando até tarde. Trocamos uma ou outra foto (nenhum nude ou coisa do tipo, de início) e ele voltou para a cidade no dia seguinte, queria me ver.

Disse que precisava vir no fim da tarde por causa dos horários na universidade, mas acho que era desculpa. Queria era motivo inocente para sairmos à noite. Era melhor falar que não tinha outro horário do que admitir que estava correndo atrás de um menor de idade.

A gente não queria chamar atenção, então não fomos para lugar nenhum, exatamente. Andamos de carro por aí, ouvindo música (metade do rock e da mpb conheci através dele), conversando... eu ficava orgulhoso por conseguir conversar em igualdade com ele, e ele dizia que era bom ter um interlocutor, que o povo da faculdade tinha menos interesse na medicina que eu, que a maioria dos alunos dos primeiros períodos sabiam menos... além de outros temas, claro, especialmente literatura. Hoje eu sei que eu era manipulável, ainda mais contando assim, colocando em palavras... mas com ele na minha frente, acreditava em tudo.

Ele era filho de médico. Endeusava o pai. Você via a admiração no jeito que ele falava. Daí foi fácil: seguiu os passos do pai e já tinha o interesse desde pequeno. Acabou estudando HIV mais a fundo porque uma avó por quem ele era muito apegado morreu de aids.

Acho que muito nele veio dessa avó. Começou a trabalhar na prevenção de doenças sexuais entre idosos, defender uso de camisinha entre eles e etc. — mas na vida pessoal era uma puta, tomava pouquíssimo cuidado, dava e pronto, o máximo possível, pro máximo de gente possível, queria aproveitar a vida como pudesse.

Tanto que ali mesmo, naquele primeiro fim de semana, quando eu comi ele pela primeira vez, foi sem camisinha. Falei pra minha mãe que sairia com pessoal da escola, ele me buscou na Carlos Gomes, e pegamos a estrada. Me levou pra Arcos, meia hora de distância. Comemos numa pizzaria de lá, e depois andamos de carro por algum tempo. Paramos num ponto bem alto à beira estrada, de onde se via bem a cidade.

Eu era inexperiente, caro. Não tinha a menor ideia de nada. Mas a essa altura o que ele queria estava mais que claro. Não foi por acaso que me levou ali, lugar discreto, uma vista linda da cidade no fim da tarde, as luzes se acendendo aos poucos conforme o sol se punha...

Por um tempo depois do término fiquei puto com ele, me senti manipulado... aliás, eu *fui* manipulado. Eu era vulnerável demais. Mas é verdade que parte de mim queria fazer dele um monstro. Quando ele apareceu, eu achava impossível que pudesse me relacionar com alguém, e o que ele me mostrou me parecia o melhor que um relacionamento poderia ser — mas durou poucos meses. Eu me agarrei forte demais, sabia que ia acabar mal, mas não tinha como evitar. E por isso também foi inevitável que na minha cabeça ele se transformasse no demônio quando foi embora.

Hoje eu vejo as coisas de outro jeito (sempre que eu falo "hoje" você dá esse sorrisinho — eu sei que só fazem dois anos, ô inferno). Ainda acho escroto que ele tenha basicamente seduzido esse menor de idade que vos fala, ainda mais alguém vulnerável como eu era. Mas agora eu consigo reconhecer as coisas em que ele foi justo.

Nessa primeira vez, dentro do carro, ele me beijou, e eu, com meus hormônios que na época já queriam explodir, correspondi com *Muita* vontade, tesão mesmo. Ele tinha começado de leve, testando o terreno, mas percebeu minha vontade, desceu a mão na hora, viu que eu já estava duro e começou a...

Ele parou de repente e me olhou com um sorriso.

Nossa, me desculpe, caro. Me entusiasmei. Você não vai querer ouvir os detalhes gráficos, né.

Eu ri.

Você quem sabe, cara; o que quiser contar.

Os detalhes não importam. O negócio é que ele me chupou ali mesmo, por um bom tempo e com vontade. Daí ligou o carro, e seguimos para a casa dele. Liguei pra minha mãe no caminho, falei que ia demorar um pouco, e ele deu um sorrisinho e apertou meu pau.

Chegamos em menos de cinco minutos. Era uma mansão, caro. Você sabe que eu não posso reclamar, que minha casa era bem grande... mas aquilo era ridículo. Ele tinha uma boate com um balcão cheio de bebidas e sistema de som a uns vinte metros da piscina, e isso mal ocupava metade do espaço aberto em frente à casa. Foi fácil subir despercebido até o quarto dele, com tantos cômodos entre nós e o quarto do pai. Não vou ser gráfico, mas basicamente, chegando no quarto, ele me chupou mais um tempo e depois foi pra cama, ficou de quatro e me pediu para meter.

Ele era bem maior que eu, acabei derrubando uma bolota de KY no chão e escorreguei nela, fiz uma bagunça com o negócio... mas a coisa mais incrível foi que o maluco realmente deu sem camisinha. Pra mim. Mesmo sabendo.

...

Eu perguntei depois. Ele disse que tomava PREP, estava com um tesão enorme e que desde o início teve a impressão de que podia confiar em mim quando eu disse que sempre tomava os medicamentos em dia.

E foi foda sabe? Receber essa confiança. A gente se conhecia há quatro dias. Sem dúvida era inconsequência dele, talvez alguma outra treta psicológica que eu não entendia, mas pra mim não importava, significava muito mais que isso. Eu via naquilo uma atitude muito mais importante que ele, e não sei se ele percebia isso.

Ele me deixou na esquina de casa e trocamos um último beijo no carro, fora de vista. Eu não sabia bem o que fazer. O Werner não escondia que era gay. Era discreto no dia a dia, mas fazia questão de deixar claro que não era por isso, que não escondia nada, e eu sei lá. Ele tinha um pai bem menos homofóbico e uma casa muito maior numa cidade mais populosa — e quanto maior a cidade menor a força dos boatos. Cheguei em casa e fingi que nada tinha acontecido, mas tenho certeza que mãe e pai descobriram em algum momento. Talvez ninguém tenha contado ao meu pai por medo de ele perder a cabeça, mas não sei se acredito nisso... minha mãe soube, e acho que deve ter chegado aos ouvidos dele. Não falo sobre como era na escola porque você sabe bem.

Não sei se a acusação que ouvi estava na boca dele ou nos meus ouvidos.

Mas no início, o namoro compensava.

Aliás: o relacionamento. Eu chamo de namoro. Eu chamo de namoro, mas na época ele fez questão de deixar bem bem claro que não era namoro, que a gente ficava e só, que ele gostava muito de mim mas nunca ia dar certo a longo prazo, que eu era muito novo e etc. etc.

E eu ouvia, sabe? Eu entendia. Sabia disso muito antes que ele falasse. Mas nesse tipo de situação, mesmo entendendo racionalmente, mesmo que em algum nível você saiba perfeitamente bem de tudo isso, não importa. Existe uma parte sedenta na gente, de esperança. Eu ouvia ele dizer tudo isso, concordava, falava que ele tinha razão e que eu entendia, enquanto imaginava nós dois velhinhos, andando de mãos dadas na Europa, ou nadando juntos na piscina dele numa festa com os amigos da universidade, todos impressionados por eu ser tão precoce e me invejando por estar com ele. Eu tinha milhões de fantasias de adolescente que continuaram crescendo depois do nosso segundo e último fim de semana na casa dele, quando os pais viajaram. Não teve festa: só nós dois, vendo Netflix, comendo, fumando um, transando, nadando sem roupa... foi ele quem me ensinou a deschavar, tragar o baseado. Me ofereceu pó também, e eu tive medo mas acabei experimentando.

E sei lá. Acho que esse final de semana foi o microcosmo de um namoro microscópico, de um namoro que mereceu esse nome só pela intensidade. Eu, encantado, aficionado, os sentimentos tão mais fortes graças à carência em que eu tinha vivido antes dele, enquanto ele adorava ser o alvo dessa minha idolatria. Mesmo que ele parecesse meio desconfortável às vezes, que tentasse manter alguma distância, sempre acabava cedendo. Quase sempre.

Mas ele tinha namorado.

Eles estavam brigados na época, dando um tempo. De início o namorado tinha acompanhado na visita às escolas, porque os dois faziam parte da Liga Contra a AIDS do curso de medicina, e isso era um projeto da liga. Werner e o namorado participaram de uma campanha nas escolas, e o Werner teve a ideia brilhante (de que fui vítima, no fim das contas) de misturar teatro com essas intervenções, e inventou um personagem.

Pelo que entendi, tinha surgido na cidade uma história de que ele se dedicava tanto a estudar HIV porque ele mesmo tinha. Só de tocar no assunto ele ficava irritado. Ele tinha raiva da homofobia que existia nesse boato, e se sentia mal porque mesmo pessoas que sabiam que a avó dele tinha morrido de HIV acreditavam naquilo, como se a morte dela não fosse razão suficiente pra essa escolha. E de repente fez isso. Criou esse personagem de nome otário (acho que ele se referia a ele como "o tédio" ou bobagem assim), um cara HIV positivo, nascido com a doença, com uma namorada comum e o objetivo comum de arrumar um emprego comum para sustentar uma família comum — e que tomava todos os medicamentos para conseguir tudo isso.

Você.

Ele riu.

Coisa horrível, caro! Não sou tão comum assim, por favor...

Mas acho que nesse gesto tinha mais raiva do que ele admitia. Não era só brinquedo inconsequente. Se fosse, ele não seria tão sensível a esse assunto quanto era.

Mas sei que deu merda. Algumas pessoas acreditaram, começaram a espalhar que era ele quem tinha HIV de nascença, o que significa que os pais também deviam ter, e somando a isso as pessoas que já sabiam que a avó era soropositiva...

De repente a cidade dizia que a família dele inteira estava infectada. O pai foi tirar satisfações com ele e os dois brigaram feio. O namorado também, ficou chateado com a história, com o egoísmo de o Werner não falar com ele antes de fazer uma coisa dessas, e terminou. E o Werner, no redemoinho de tudo, bateu o pé e continuou com esse personagem em outras escolas por uma semana, antes de as emoções baixarem.

Foi a semana em que ele foi até Lagoa.

E a ironia é que em parte fui eu, foi graças a mim, que ele repensou.

Ele se arrependeu. Pediu desculpas pro pai. Acabou voltando com o namorado depois de algum tempo.

Rodrigo respirou fundo. Olhava para o chão um pouco adiante, falando quase como se esquecesse que eu estava ali, uma das mãos no bolso, a outra segurando a cerveja de que há vários minutos não se lembrava.

E eu fui patético até o fim.

Eu percebi conforme ele se distanciava. Não sei explicar bem. Era como se sentisse de longe. Como se o medo de aquilo acabar crescesse em mim à medida em que essa ideia ganhava força na cabeça dele, como se existisse uma válvula na cabeça dele que se movimentava, e esse movimento fizesse girar uma outra, no meu coração. Juro que sentia isso desde o início da incerteza que foi crescendo nele.

Na última vez que ele voltou, eu sentia isso muito forte. Sabia que ele queria terminar. Tentei pagar o melhor boquete da vida, meter do jeito que ele gostava, levei café na cama... acho que ele ficou sem graça, percebeu meu desespero. Acabou não tendo coragem de terminar daquela vez.

Mas foi uma merda, sabe. Emocionalmente.

Eu sabia que a próxima seria a última. Sabia que não tinha como continuar assim, que não conseguiria colocar um sorriso no rosto e ser o sr. perfeito. Era uma coisa execranda, um sentimento vômito, dar um sorriso num momento daquele.

De repente, ele sorriu, um pequeno riso sufocado escapando pelo canto da boca.

Sabe o que aconteceu, o primeiro sinal de que ele queria mesmo terminar?

O quê?

Ele chamou meu pau de pênis.

Comecei a rir.

Sério, caro! Acredita? Foi tão estranho. Acabei rindo, ele riu também... mas isso foi antes, no início do distanciamento científico. Foda.

E no dia seguinte os moleques pegaram pesado na escola. Não vou detalhar porque não gosto de repetir essas merdas, mas foi pesado. Aquela situação com o Werner e aquele bando de filho da puta na escola... e...

E de repente, no terceiro ano, lá estava eu, andando com o Venâncio.

O quê?

Sério.

Mas ele era homofóbico pra caralho.

E hoje é mais ainda, caro... mas nessa época eu estava muito frágil. Muito mesmo. E algumas das merdas que esse povo falava acabaram me afetando mais que eu gostaria. O Werner, nesses poucos meses, tinha se tornado a pessoa para quem eu fazia essas confidências, a pessoa com quem eu desabafava, e agora se distanciava. Você tinha se afastado, e eu entendia o porquê. Não que fizesse sentido, não fazia sentido, mas eu entendi o que aconteceu. Entendi porque você se afastou, o que te levou a isso, mesmo que fossem razões baixas.

E sendo assim... eu estava sozinho.

E nesse dia, indo embora da escola, quando passei pela Carlos Gomes, tinha um casal se pegando. E se pegando estranho sabe, se agarrando forte, aquela coisa lúbrica, pornográfica, num banco no meio da praça. O homem beijava o pescoço da mulher com uma mão dentro da blusa enquanto ela esfregava o pau dele por fora da calça, ali, meio-dia, ao ar livre e de olhos fechados apontados pra cima feito a Santa Teresa, tentando desabotoar a calça dele com uma mão e empurrando a cabeça pros peitos com a outra, e eu saí do campo de visão deles o mais rápido possível e sentei num outro banco da praça e comecei a chorar. Chorei pra caralho. Coloquei a mochila no colo e deitei a cabeça nela, tentei não me mexer muito, não queria ninguém vendo...

E aí ouvi meu nome, a voz do Venâncio. Levantei a cabeça num susto. Estava pronto para sair correndo dali, derrubar o moleque e virar as costas e correr, mas antes que eu fizesse isso, ele pediu desculpas.

Pediu umas desculpas sem graça, sem me olhar nos olhos, mas pediu. Se sentou do meu lado e pediu desculpas de novo. Falou que ia maneirar. Que de agora em diante só ia me zoar se pensasse numa coisa realmente engraçada.

Que merda.

Demais, caro, demais. Mas te digo que na situação em que eu estava, vindo de quem vinha, parecia até valer alguma coisa. É fácil supervalorizar o pequeno, o menos-que-obrigação, quando nem isso você tem.

Ele chegou a falar que se alguém falasse alguma merda pesada demais, queria que eu avisasse, que ele daria um toque na pessoa.

Foi muito estranho. Muito. Ele não me olhou na cara, sabe? Ficou olhando adiante. Falou como se tivesse medo de alguma coisa, com um tremido na voz.

Aí de repente se virou, me deu o abraço mais rápido do mundo, me soltou como se eu tivesse pegando fogo, levantou sem falar mais nada e foi embora, andando rápido e olhando pro lado.

Que viagem.

Completa. Eu parei de chorar de puro choque. Mas olha: bom deixar uma coisa clara: o Venâncio sempre foi um homofóbico e hoje é pior que era na época, porque hoje é obviamente intencional.

Na época, ele era escroto na escola e perdido em casa. Acho que por isso acabou se aproximando de mim, depois daquele dia. Nunca conversava comigo na escola, mas começou a puxar uns papos online, e eu cheguei a ir à casa dele depois da aula, já que não ia mais embora com você. Sei que posso te dizer, primeiro porque o Venâncio que se foda, e segundo porque segredo você sabe guardar: o Venâncio é uma baita Queen.

Certeza que ainda é. Gostou a vida toda de subir num salto, passar batom, brincar com o vestido da mãe. Ele catava a roupa suja dela, vestia e batia punheta olhando no espelho, e quando não tinha ninguém em casa desfilava com a roupa dela, se maquiava, etc. Só que o pai dele era aquela bosta. Qualquer manchinha de rosa na roupa e enchia o saco, vivia com essas piadas de veado e tal, e ele muito novo, sem entender porra nenhuma da vida, achava que talvez fosse gay. E depois desse dia na praça ele começou a falar comigo.

Desabafava, perguntava como se eu fosse algum tipo de autoridade que pudesse falar por ele saca, e claro que eu não tinha a menor ideia do que falar. Pra mim era questão de sentir tesão e pronto. O maluco achava que por ser gay eu gostava de usar roupa de mulher, ficava perguntando umas coisas que eu não tinha a menor condição de responder... e eu falava que querer pegar só homem é tipo a única característica relevante, que é como eu realmente me sentia. Ele mal conseguia entender que eu me interessava por mulher também, que eu era bi, e por isso não conseguia falar por alguém especificamente gay.

Rodrigo me olhou. Sorri, mas tinha perdido a atenção ao fim da história. Se a informação não fosse tão surpreendente, não teria ouvido nada depois de ele dizer que "pelo menos segredos eu sabia guardar". Não achei que era uma expressão escolhida, mas de novo me senti acusado, culpado por uma coisa que acabava de entender que tinha feito. O Venâncio, o merda do Venâncio, tinha sido um ombro para o Rodrigo quando eu não estava lá, e o pior: eu sabia no íntimo que, na época, não teria feito o que ele fez. Eu, se visse Rodrigo chorando na praça, não teria me aproximado. Teria me sentido culpado, triste. Teria me afastado com uma vergonha infinita em vez de ir até lá. E saber disso me fazia perceber mais claramente ainda o meu erro, o peso do meu afastamento, num momento em que ele precisava de alguém por perto. Por sorte, nossa conversa aconteceu antes que ele começasse a ficar com Maitê. Se acontecesse depois, talvez ficasse a suposição de que me afastei por homofobia, ou talvez, os dois sempre juntos, eu não tivesse tanto espaço e ele não aceitasse os convites para as conversas longas que teríamos depois. Não demorou muito, na verdade: em julho daquele ano, no maior dos protestos de 2013, ele e Maitê ficaram juntos. Rodrigo, quem diria, tinha muito mais consciência do que estava acontecendo que eu. Foi até minha casa e de lá subimos pelo calçadão da XV de Novembro, que se estendia por longos quarteirões calçados em pequenas pedras brancas, com árvores e canteiros salpicados por toda a extensão. A rua, sempre cheia, estava ainda mais que o típico dessa vez, incontáveis pessoas seguindo conosco o caminho até a Praça Osório. Conforme caminhamos, ele me explicou o que pôde sobre a manifestação. É verdade que já tínhamos visto a praça bastante cheia — todos os domingos se enchia de visitantes atrás das barraquinhas com comidas de inúmeros países — mas nada que se comparasse àquilo. Havia pessoas na quadra, ao redor da fonte, espalhadas pelos bancos e pelo chão. Algumas carregavam banners impressos antecipadamente, outras escreviam ali mesmo todo tipo de mensagem em cartolina simples, com pincel atômico, e distribuíam de graça. Palavras de ordem e músicas inteiras eram cantadas aqui e ali, por vezes se espalhando em ondas, vozes se somando aos poucos, ganhando força. Cantamos, mas não me lembro quais músicas, embora me lembre claramente de ter entoado "O gigante acordou" abraçado a desconhecidos — coisa de que hoje tenho vergonha. Policiais militares e municipais eram pontos uniformizados aqui e ali — desapareciam afogados no número enorme de manifestantes, e observavam, imóveis; sabiam que essa manifestação tinha esse tamanho em grande parte graças à violência da PM em São Paulo. A alegria preenchia os espaços feito a própria música, e era difícil não sorrir, não ter esperança de que alguma coisa vaga, quente e positiva estava começando. Eu, inocente como era, conseguia acreditar que todos nós estávamos na mesma página, e foi como a leveza de acreditar que o mundo é perfeito, que todas as pessoas são felizes, que os inocentes não são atacados. Encontramos Maitê pouco antes de a manifestação começar sua caminhada; estava com alguns amigos, mas decidiu nos acompanhar em busca de Carol e Ricardo. Segui em silêncio enquanto ela conversava com Rodrigo, os dois muito mais informados que eu, falando de detalhes dos acontecimentos em SP. Maitê sabia até de manifestações que precediam aquelas, uma revolta da catraca em Florianópolis, outras em Vitória, Teresina, Aracaju, Natal, Porto Alegre, Goiânia, tantas e tantas de que eu não ouvira falar, além de acontecimentos internacionais, árabes, egípcios, estadunidenses (ela se recusava a usar o termo "americano" para se referir a algo dos Estados Unidos). Na época eu não sabia do que ela estava falando, e hoje, não me lembro. Eu era o único malinformado dos três, e o único deslumbrado com aquilo tudo. Rodrigo, sempre anos à minha frente, falava sobre preocupações com a influência da mídia, antipartidarismo, o apoio de certas figuras públicas, enquanto eu permitia que o otimismo me carregasse, pensando que éramos muitos sem perceber que nem sequer éramos um grupo. A manifestação seguia pela mesma rua porque tínhamos caminhado até lá, descendo pela XV e terminando na Praça Santos Andrade, onde encontramos Ricardo e Carol, ela num entusiasmo tamanho que conseguiu por um momento tirar Rodrigo e Maitê da seriedade em que tinham entrado com sua conversa. Todos se abraçaram, se cumprimentaram, e a camiseta da CBF que Ricardo usava ainda não parecia significar tanta coisa. Dali, última parada da manifestação, seguimos para o Laboratório, bar próximo à biblioteca que as duas adoravam e a essa altura já visitáramos algumas vezes. Andamos sem preocupação ou pressa, e quando chegamos o lugar estava abarrotado, e mal se via os inúmeros grafites de artistas da cidade que cobriam as paredes amarelas. Mesmo com a ajuda de Rebecca *acho que foi na numa quarta-feira de madrugada. Fazia um ou dois graus e eu caminhava rápido para me aquecer. O ar saía do pulmão na forma de neblina, e eu seguia embriagado depois de algumas horas com Bruce no bar ao lado da universidade. Parei quando ouvi o som do violino. De início pensei que vinha de algum dos prédios no redor, mas não: saía da escuridão, do centro do Passeio. Contornei pela ciclovia e vi dois vultos bem ao fundo, no dentro do parque, um deles no movimento sensual e leve que fazia brotar o som do violino. Entrei no passeio. Comecei andando rápido, por medo de não chegar em tempo de ouvir bem a música, mas desacelerei, por medo de me entenderem mal. Me ouviram, numa pausa. Olharam, guardavam já o violino, apressadas, quando Maitê me reconheceu. Me olhou quase culpada, com uma vergonha que não entendi. Me apresentou Rebecca, que eu ainda não conhecia, e estava de pé, violino na mão, compondo ali música nova. Pedi desculpas pelo susto, não queria incomodar, mas disseram que era nada, mais tranquilas. Rebecca pegou de novo o violino. Tocou uma vez, duas, o início da música. Maitê disse que estava bom. Concordei. De novo, Rebecca deslizou o arco pelas cordas do violino, mas agora, na música que até então eu pensava ser instrumental, Maitê cantou. Olhos fechados, uma voz doce e grave, mais grave que eu imaginaria pensando em sua voz falada, se juntando ao violino e se destacando do som arenoso das árvores, acompanhada ocasionalmente pelos pássaros noturnos do passeio. As duas se destacavam, movimentos discretos e suavemente magnéticos contornados pela pouca luz, os dedos e a suavidade de Rebecca ao violino, o leve dançar curvilíneo de seus corpos. Fiz que ia embora, mas pediram que ficasse, que era bom ter plateia, e ajudava a ter mais segurança na noite do centro. Eu, que só pensara em ir embora por medo de estar incomodando, fiquei, satisfeito. Uma hora depois, terminaram, a música gravada em telefone para notas posteriores, e andamos juntos por alguns quarteirões. Perguntei das músicas, que me pareciam mesmo fantásticas, elogiei a voz de uma, a habilidade e a composição da outra, e elas sabiam que era verdade, que era bonito. Tempos atrás, contou Rebecca, estudaram violino juntas, mas Maitê abandonou, não tentava mais nada na música, mesmo com a voz que tinha. Maitê só ouvia e sorria, numa timidez que nunca tinha visto nela. Não perguntei mais. Rebecca, por outro lado, sabia da habilidade que tinha, da beleza que criava, e tinha planos pensados para chegar em algum lugar com a música. Me contou de seus interesses, pretensões do futuro, e eu acreditei mesmo que era possível, que mesmo sendo um caminho difícil, ela conhecia as dificuldades bem, se preparava, sabia o que queria. Você via nos olhos e na voz o quanto ela pensava, se preparava, queria mesmo concretizar aquele sonho, mesmo que,* uma amiga de Maitê que tocaria naquele dia, não conseguimos entrar de imediato. De qualquer modo, a sensação era a de estar dentro: uma multidão ocupava a calçada e a praça à frente do Lab. Compramos cerveja na esquina e conversamos de pé em meio ao povaréu. Ricardo e Maitê, no geral, não se davam tão bem, mas naquele tempo o fato de que gostavam de Carol servia de fundação para construir alguma convivência. Naquele dia, com Rodrigo presente, foi mais fácil que participassem cada um de uma conversa. Eu, incapaz de acompanhar Rodrigo e Maitê, falava com Carol e Ricardo sobre seu trabalho, meus estudos, Assassins Creed, The Last of Us, desconversando quando o Ricardo queria puxar o assunto para uma oportunidade de negócios que não, com certeza não era pirâmide, que ele vinha tentando passar adiante — até que a Carol deu um sorrisinho e fez com a cabeça: Maitê e Rodrigo se agarravam encostados numa parede como se quisessem se engolir. Fiquei surpreso: sabia do interesse de Rodrigo, comentado em nossas conversas, mas era coisa que conversávamos em brincadeira — nenhum dos dois acreditava que Maitê teria interesse no menino do interior. Teria ficado ainda mais surpreso se já soubesse que não era um só beijo no calor daquele dia, mas o início de um namoro que continuaria por anos. Não sei bem a experiência que Rodrigo tinha de Curitiba. Não foi aprovado em universidade (nem tentou), não fazia curso algum ou trabalhava, e, sendo assim, não tinha aquelas amizades forçadas pelo ambiente em comum que, em alguns casos, são até verdadeiras. Sei que, antes de Maitê, não se aproximou de ninguém. Nos encontrávamos algumas vezes por semana no Posto do Bonfim, conversávamos bebendo encostados no carro dele ou sentados no meio fio. Seus dias de semana eram preenchidos por filmes, videogames, e pelos livros incontáveis que lia em praças e cafés, às vezes mesmo em bares. Final de semana, se não nos víamos, é porque tinha algum homem ou mulher em sua cama, e eu podia ter certeza de que ouviria a história em detalhes depois — ou então ele mentia. Sei que o Treino de 18-19 anos acreditava piamente — e tinha inveja. Hoje, penso no quanto o relacionamento dele com Werner foi traumático, no quanto pode ter feito nascer nele o medo de relacionamento mais firme. Penso também, talvez demais, se minhas falhas como amigo teriam causado algum problema, lhe impedido de confiar. A psicóloga diz que não, que é exagero meu, que minha culpa não é tanta, que não pode ser tanta quanto sinto e falo, e racionalmente sei que ela tem razão, mas isso não me basta — até porque o que mais me incomoda não é o erro, mas o não-feito. Quando me afastei, me tornei um dos tantos que se afastaram; mas se tivesse ficado, seria um dos poucos a dar apoio. Não teria importância a minha presença?, o ombro?, o incentivo de alguém que comemorava com ele aniversários, que dormia em sua casa e via nele um irmão? Posso não ter causado nele um trauma, mas eu não seria um apoio importante, se ficasse? Não sei, e não sei, e nesse não saber minha culpa cresce, mesmo que ele não veja assim as coisas e não me culpe, onde quer que esteja. Tudo isso deve nascer dessa minha tendência de me ver como importante, como relevante numa vida que comigo ou sem podia muito bem ter sido a mesma — mas uma certeza tenho: não fiz minha parte, e isso me desequilibra. Também não ajuda a sensação persistente de que Rodrigo, quando voltamos a nos ver, já tinha se enveredado por um caminho sem volta, o pensamento de que algo fatal tinha mudado no pouco tempo em que não nos vimos, algo na voz, no olhar, uma cicatriz que só era visível sob certa luz, certo ângulo, que só os meus olhos viam.

Depois da manifestação, Rodrigo passava mais e mais tempo com Maitê, mas ainda nos víamos no Bonfim, duas, três vezes por semana. Comecei a visitá-lo em casa, beber com ele as garrafas de vinho que sempre tinha por lá e as cervejas baratas que eu levava, sempre me surpreendendo com a limpeza da casa, ainda que não fosse tanta a organização — livros e papéis sem ordem em cada superfície. A maioria eram livros comprados no tempo em que moramos ali, dezenas nos primeiros meses, uns poucos vindos de Lagoa, quatro ou cinco presentes e empréstimos de Maitê. Às vezes, fuçando nos livros ou afastando papeis largados em cima da mesa, encontrava os remédios que ele tomava. Era sempre engraçado imaginar onde estariam, e sobrenatural o jeito dele de saber. Um dia, estavam à borda de janela qualquer; outro, sobre o box, no banheiro; mas quando o celular avisava, ele se dirigia de imediato ao lugar onde estavam, buscava água na cozinha, caminhava pelo apartamento conversando, comprimidos na mão, e depois de tomá-los deixava a embalagem com o restante onde estivesse, nunca no mesmo lugar. Era como se o uso do medicamento fosse tão natural que o remédio puxava sua mão até si, não o contrário. Imaginei se ele saberia onde estava o remédio se precisasse conscientemente pensar nisso, e num dia em que encontrei a medicação por acaso, dentro de um copo no armário na cozinha, tirei-a dali. Quando o relógio tocou, vi Rodrigo andar até lá, procurar o remédio, e assumir depois uma expressão incrédula, como se algo impossível tivesse acontecido, olhando em todas as direções feito o antigo meme do John Travolta em Pulp Fiction. Sei que deixava na bolsa e na mochila outras doses, caso se esquecesse de levar ao sair ou passasse a noite na casa de alguém, mas nunca se esquecia — no máximo se esquecia de que tinha se lembrado, e procurava assustado na mochila a dose que sempre estava lá. Nunca tive coragem de perguntar se contava a todos os parceiros sobre o HIV, mas a quantidade de camisinhas que carregava me parecia dizer que não, especialmente se fosse verdade que transava com tantos quanto dizia. No início, com Maitê, isso não mudou, que ela mesma pediu que o relacionamento dos dois fosse aberto, e as histórias dos casos e noites fora de Rodrigo continuaram. Depois, aos poucos, foram diminuindo, conforme passava mais e mais tempo, mais e mais noites com Maitê, ao ponto em que se viam tão frequente que a coisa se tornou, na prática, um namoro regular. Conversávamos pouco, eu e ela, por falta de assunto comum, e penso até que ficava mais calada por nós: sabia que Rodrigo não conhecia muita gente, e deixava que o assunto virasse videogame, certos livros e séries de ficção que gostávamos, para que eu participasse mais da conversa, já que ficava calado quando não entendia do assunto. Acho inclusive que meu silêncio sobre o que não sei era o que ela mais gostava em mim, coisa que chegou a elogiar na primeira vez que saímos eu e os dois. Não queríamos ficar em casa e, como sempre, seguimos juntos até o Bonfim. O carro de Rodrigo estava no estacionamento, e como o posto era próximo, decidimos andar pelas ruas largas não longe da casa dele, passando direto por choperias, cervejarias e outros estabelecimentos caríssimos, que ele às vezes frequentava quando sozinho. Nos sentamos no meio fio da calçada oposta ao Bonfim, e sendo quinta-feira, já se via ali carro ou outro rebaixado e coberto de adesivos incontáveis, carrocerias em que nada cabia além do equipo de som. Nesse dia os carros eram pretos, incluindo uma camionete S10 rebaixada à altura de carro popular, coberta de adesivos que diziam "Equipe de Som Costa Telles - Uberaba" e mostravam mulheres de bundas enormes e shortinho curto dançando funk, que era exatamente o que acontecia em frente à S10, que estourava o som, o motorista olhando orgulhoso e de energético em mãos as mulheres que quicavam, que eu tinha vergonha de olhar na frente da Maitê, ao menos até que ela, já um tanto alegre com as cervejas, começasse a falar que era isso, que precisava existir liberdade sexual, que nunca criticaria aquelas mulheres, que elas deviam ter liberdade de transar com quem quisessem. Me perguntou o que eu achava, e quando disse que nunca tinha pensado muito a respeito, ela disse que era disso que o mundo precisava, gente que não dava opinião quando não sabia. O elogio que vi nesse comentário me tranquilizou, já que num meio tão estranho para mim quanto aquela cidade, tinha medo de entenderem mal meu silêncio, e me pegava pensando em como me interpretavam, se pensavam que era entediado, incomodado, especialmente Rodrigo e Carol, que me conheceram numa época em que, se não falava horrores, não era tão calado assim. Foi bom saber que ela percebia que meu silêncio não era tédio, desinteresse. Nessa hora, Rodrigo a chamou para comprar as próximas três cervejas, e ela recusou. Continuou a falar, estendendo suas opiniões sobre liberdade sexual até que ele voltasse, me estendendo uma cerveja que peguei em silêncio, e outra para ela, que pegou e fez questão de pagar. Às quase quatro seguimos para a casa de Rodrigo. Maitê foi para o quarto assim que chegamos e fechou a porta, depois de se despedir com um beijo que me roçou de leve os lábios e provocou outra daquelas ereções inconvenientes, que me irritavam ainda mais quando causadas por bobagem assim, coisa que seria exagero chamar de provocação. Rodrigo disse que não queria que eu fosse embora, e enquanto ele buscava um vinho na cozinha, escondi a ereção me sentando de certo jeito no sofá. Conversamos, ouvimos música, bebemos, ele fumando com frequência, cada cigarro devorado naquelas tragadas enormes, nós fumando juntos vez ou outra os baseados que ele fazia, até que o sol cresceu na sacada e as mensagens da Tia começaram a chegar. Nesse dia, na volta à casa de Uber, pensei nas mensagens dela, na liberdade do Rodrigo, e no quanto seria bom ter meu apartamento. Pensei também no constrangimento que sentia aceitando que Rodrigo me pagasse as cervejas enquanto Maitê comprava as próprias, constrangimento que era ainda maior na casa de Carol e Ricardo, que não me cobravam nada pelas cervejas e carne que Ricardo comprava nos tantos churrascos para que me convidavam. O desconforto não era maior porque os valores eram maiores, mas porque o não-cobrar de Ricardo era ostensivo: ele passava por mim direto, o pescoço endurecido, sem me olhar, no momento de recolher dos outros participantes do churrasco a contribuição para o próximo engradado ou quilo, como quem quer deixar extremamente claro que está sendo generoso. Mesmo o uber ocasional para o Bonfim ou entre as casas já eliminava parte relevante do pouco dinheiro que a Mãe enviava com dificuldade, e decidi que passava a hora de conseguir um emprego que me permitisse pagar pelo meu consumo e me deixasse começar economias para, no futuro, conseguir minha própria casa, aproveitando a sorte da estadia e alimentação gratuitas oferecidas pela Tia. Tinha de fazer isso enquanto minhas aulas eram noturnas e faltava algum tempo até o estágio, depois do quê, quem sabe, conseguiria estágio remunerado e tentaria me empregar no campo da Educação Física. Espalhei currículos pela cidade, e depois de alguns meses consegui trabalho numa loja no centro como vendedor de planos de celular telefone fixo internet TV a cabo e todo tipo de aparelho relacionado a esses serviços. Era exaustivo o trabalho integral seguido pelas aulas noturnas, e me descobri péssimo vendedor antes mesmo que as tarefas do trabalho se tornassem mecânicas, antes que se transformassem num tédio tamanho que me custava entender como os outros cinco vendedores suportavam, alguns há tantos anos. Em boa parte do tempo, só metade de nós seria necessária, mas nos momentos mais abarrotados da Rua XV, em certos dias e horários, entravam tantos clientes do calçadão que uma fila se formava, e o número de pessoas fazia a lentidão dos computadores velhos e ruins parecer ainda maior. A repetição, ali, tinha efeito parecido àquela dos dias de escola: fazia com que a memória condensasse anos de trabalho em poucos dias, quase sempre entediantes. Não sei se a repetição na escola era menor graças às mudanças nos temas das aulas, conversas, brincadeiras ou piadas, ou se era questão de liberdade, mas parecia muito mais repetitivo aquele ambiente sério, uniformizado, de pessoas sentadas em mesas baratas de escritório e recebendo com mal humor clientes que se devia despachar rápido, dizia a gerente, para que o próximo pudesse se sentar. Os clientes, ao menos, variavam: alguns tentavam resolver ali problemas de seus aparelhos que não sabíamos ou podíamos resolver, querendo de nós o cancelamento impossível de uma dívida, fazendo pedidos que despertavam estranheza ou pena, passando cantada ou caçando briga com algum funcionário — mas esses eram minoria. A maioria se encaixava na simples descrição: "mais um". Sábado, o pior dos dias na loja, encapsulava os ritmos daquele tempo, funcionando bem como resumo dos momentos que se repetiram em ordem variada ao longo dos anos. Costumava chegar da faculdade às 23 nas sextas, e, se não houvesse necessidade de trabalho ou estudo extras, começava a dormir entre a meia-noite e a uma da manhã. Era especialmente destrutivo o fim dos semestres, que me obrigava a estudar até madrugada funda, muita vez depois de trabalhar na jornada mais longa que a proximidade do Natal exigia, chegando a dormir apenas uma ou duas horas certas noites. Mesmo tendo o luxo de acordar em cima da hora por morar perto do trabalho, meu corpo protestava. Tomava o café que Tia B. deixava pronto ao sair ainda mais cedo que eu para o hotel que gerenciava, me sorria um sorrisinho pontual no espelho, e saía, trocando as pernas lentamente na pequena distância que me separava da loja, bocejando e deixando nas manhãs frias um rastro branco cheirando a hortelã. Muita gente, acho, sobrevive à rotina graças ao auxílio desse deus das pequenas coisas, desses mínimos prazeres que descansam o espírito. No meu caso, o primeiro café do dia e a caminhada ao trabalho tinham esse papel. Gostava de ver a XV bem cedo, antes que o sol subisse e ela se cobrisse de gente. Ali, meus olhos alcançavam a distância, e dependendo do horário, da estação, do clima, o sol parecia ocupar o centro da própria rua, emoldurado pelas árvores onde depositava um amarelo suave, árvores cujo cheiro ainda não fora esmagado pela fumaça dos carros, pelo refogar dos inúmeros restaurantes do calçadão, e era no máximo encoberto aqui e ali pela fritura de lanchonete ou outra e pelo café vendido por alguns ambulantes, acompanhado de um pão de queijo barato que, como bom mineiro, digo com segurança que era intragável. Abandonar aquele ambiente e entrar na loja era um esforço descomunal, mas ajudava saber que, de qualquer forma, em pouco tempo o lugar seria coberto pelo caos da cidade, e sua beleza não se manteria mesmo que eu ficasse. Eu entrava, digital no ponto eletrônico, e enfiava no bolso o recibo que a máquina cuspia como pagamento pela pontualidade. Deixava na cozinha o almoço feito no dia anterior e enchia um copo do café da loja, aguado e doce ao arrepio, que eu virava feito remédio e de tão ruim me ajudava a acordar. Todos cumprimentados num *Bom dia* coletivo, me sentava à mesa, ciente do tédio das primeiras horas do sábado. A gerente demorava um pouco a chegar, e embora existisse sempre o leve perigo de estarmos sendo observados pela dona da loja através das camerazinhas espalhadas pelas paredes, a liberdade, a essa hora, era um pouco maior. O instagram não existia e o facebook era bloqueado naquela rede — portanto, acessávamos pelo celular, usando nossa própria internet, ou, se quiséssemos usar o computador, entrávamos em alguns sites que existem justamente para permitir o acesso em redes bloqueadas e trazer um pouco de alívio a estudantes e trabalhadores entediados. Quem passava às portas àquela hora seguia para os próprios trabalhos, e se estávamos ali era porque a dona da loja queria tirar o máximo proveito do salário que pagava, embora eu suspeitasse que as vendas naquele horário não compensassem sequer o gasto de energia. Folha ou outra se destacava das árvores no meio do calçadão e ondulava lentamente até o solo, como se desenhasse uma palavra qualquer, que eu tentava ler, sempre enxergando naquilo algum tipo de tédio ou solitude. No banheiro, enchia de água o rosto, às vezes jogava por minuto ou dois algum jogo offline no telefone, e chamava isso de "respirar", embora o banheiro fosse minúsculo, com um exaustor no teto que fingia compensar a falta de janelas mas cuja barulheira me enlouquecia, e nos dias frios, às vezes, me convencia a deixar a lâmpada apagada. Talvez os outros achassem que eu tinha um sério problema intestinal, considerando o quanto tomava café e frequentava o banheiro. Horas se passavam e mal entravam clientes, que ainda por cima eram revezados entre nós oito, mas por volta das 10 o volume aumentava, pouco depois do horário em que Odelina, a gerente, chegava, e entrava em seu escritório, a suíte de onde ela nos vigiava pelo panóptico — palavra que Maitê me ensinou quando lhe contei minha rotina e nunca esqueci por parecer perfeita. Ali, Lina fazia trabalhos administrativos e certamente passava bastante tempo no próprio celular. Antes das 10:30 a loja já estava lotada, vendedores ocupados, clientes sentados esperando, outros alinhados de pé numa fila que seguia até a entrada. Os computadores e o sistema eram tão lentos que era impossível inserir os dados dos clientes, e os funcionários antigos entregavam a eles formulário para ser preenchido com os dados necessários, e levavam tais formulários às dezenas para casa, onde tinham instalado o software da loja contra as indicações da franquia mas com aprovação de dona e gerente. Lá efetivavam os pedidos no sistema, na maioria pedidos de instalação de internet que os faziam trabalhar várias horas a mais por dia em suas casas, trabalho a mais que me parecia impensável, especialmente com aquela comissão. Por não aceitar levar trabalho embora, precisava fazer os pedidos dos clientes no sistema de imediato, comportamento que a gerente criticava por deixar o atendimento mais lento, já que você vê como a Carla é rápida, quantas horas trabalha em casa, e você sabia que a comissão dela nesse mês foi de R$ 2.000,00?, e que exemplo de trabalhadora ela é, que foco! E eu olhava a Carla, que trabalhava ali há treze anos e era amarga, amaríssima, seca seca seca, e ainda assim tinha tantos clientes fiéis formados no tempo, a maioria mais velhos, pessoas de hábito que se sentavam numa das cadeiras multicor planejadas para incomodar caso o cliente fique tempo demais, e quando eu chamava diziam que não, que estavam esperando a Carla, queriam ser atendidos por ela, mesmo que a raros deles a Carla dedicasse um sorriso e um bom dia, tratando quase todos com apatia e a voz oca em que um *Obrigada* soava empoeirado, e de quem, imagino, vários clientes gostavam apenas pela velocidade, já que a Carla, pelo que sei, trabalhava de 3 a 4 horas por dia em casa e enchia a cara até quase desmaiar aos domingos. Nosso exemplo de trabalhadora. Aos sábados, não fazia tanta diferença que alguns recusassem meu atendimento, que esperassem o dela ou de outro funcionário mais antigo: sempre tinha mais um, e até eu usava os formulários para poder atender a mais clientes, sabendo que, como sempre, pouco antes das 12 tudo se imobilizaria num esvaziamento repentino. Nesse horário, pouco acima no calçadão, muita gente comia e bebia nos restaurantes, mas a loja era distante o suficiente do restaurante mais próximo para que eu mal visse um ou outro pedestre que passava. Até o barulho das teclas que inseriam os dados dos formulários no sistema parecia silencioso, comparado ao ruído prévio dos clientes. Eu, ruim de despachar rápido aqueles que atendia, tinha menos o que digitar, mas ainda assim levava quase uma hora até concluir o trabalho. Finalmente, entre as 13 e as 14, horário em que a loja finalmente fechava, não se fazia nada. A gerente, agora ali, não gostava que usássemos o telefone, porque podia muito bem entrar o mítico cliente do sábado às 13:30, o que nunca acontecera ou aconteceria. Eu ia até o banheiro, bebia café na ida; me sentava no vaso, respirava fundo algumas vezes; usava meu telefone uns minutos, jogava água no rosto; saía do banheiro, bebia café na volta. A última meia hora durava tempo inacreditável e às vezes eu sentia que poderia repetir essas ações milhares de vezes. Houve uma única ocasião, acho, em que alguém entrou na loja entre as 13 e 14 de um sábado, com o único objetivo, pensei, de dar razão à fala da gerente — mas não foi o que aconteceu. Eram dois homens, formais, de camisa social, gravata, sapatos limpíssimos, faltando só os ternos para completar o traje; de início me fizeram pensar em mórmons.

HOMEM: Boa tarde. Eu gostaria de falar com a gerente, seria possível?

CARLA: Sobre o quê?

HOMEM: Gostaria de fazer uma proposta.

(Carla se levanta. Sua expressão é de enfado, a mesma com que recebe todos os clientes. Chama a gerente.)

ODELINA: Boa tarde.

HOMEM: Boa tarde, senhora...?

ODELINA: Pode me chamar de Lina.

HOMEM: Boa tarde, Dona Lina, gostaria de oferecer à senhora uma oportunidade de...

ODELINA: Olha, a gente não faz patrocínio, viu? Me desculpa interromper, mas acho que poupa nosso tempo, né?

(Os homens se entreolham. Um deles sorri. A expressão deve permitir no mínimo as duas interpretações óbvias. Enquanto o homem fala, a expressão de Odelina é desconfortável.)

HOMEM: Não, não, Dona Lina, de modo algum, não é por isso que estamos aqui. Quero oferecer uma oportunidade de investimento para aumentar os lucros da loja de vocês. Meu nome é Lindomar, e sou o principal provedor, na cidade de Curitiba, do serviço de venda de emoções.

(Funcionários se entreolham. Alguns parecem segurar o riso; outros têm uma expressão perplexa.)

ODELINA: Por favor moço, aqui não é lugar de pegadinha, nós estamos trabalhando.

LINDOMAR: Claro que não, Dona Lina, jamais! Trouxe inclusive um dos meus funcionários para demonstrar para todos a utilidade dos nossos serviços. Ele já trabalhou como encarregado geral de emoções em várias grandes lojas. Imagine, por exemplo, que você tenha um cliente muito exigente, que fala muito, e não quer ir embora. Agora veja.

FUNCIONÁRIO (expressão de ouvinte atento, gestos afirmativos com a cabeça): Claro, claro.

LINDOMAR: Viu? Ele é perfeitamente capaz de confortar o cliente e gerar um silêncio constrangedor para que ele vá embora. E se não funcionar...

(Lindomar gesticula para o Funcionário, cuja expressão muda. Agora é de descrença, raiva. Assume uma postura que parece torná-lo maior. Fala de repente e muito alto. Vários dos presentes se assustam.)

FUNCIONÁRIO: MAS ISSO NÃO É POSSÍVEL! Isso é inaceitável! Infelizmente hoje o setor responsável não está funcionando (Acredita nisso!? Param no meio da semana!). Mas vou garantir *pessoalmente* que esse problema seja resolvido e até tentar conseguir uma indenização para a Sra.!

ODELINA (recuperando-se do susto, levanta a voz): Por favor, sem gritos nas dependências da loja!

(Os funcionários da loja assistem a cena com um sorrisinho que não seira exagero chamar de vingativo.)

LINDOMAR: Tem razão, Dona Lina, tem razão, mil desculpas, pedi a ele essa intensidade porque ajuda a transmitir a utilidade de nosso serviço, não queria causar nenhum mal-estar. Peço mais um único segundo para mostrar, por último, como nosso trabalho pode ser útil até mesmo para aliviar a tensão de um momento como esse.

(Ele gesticula, e o Funcionário muda novamente. Pressiona os lábios um contra o outro, forte. Curva-se. Começa a gargalhar. Desde o primeiro momento é uma gargalhada estrondosa, aguda, com pausas para respiração em que ele puxa o ar em roncos. Lindomar olha para Odelina. Ele e todos os funcionários da loja começam a rir descontroladamente. Lina expulsa os dois da loja sem conseguir controlar, completamente, seu próprio riso.)

Aquele sim, foi um sábado digno de lembrança, dia que até hoje sei delicioso, mesmo que talvez seja colorido pelo que depois descobri, pela influência que teve em mim. Como sempre, dormi a tarde toda, no típico exausto dos meus sábados da época, mas dormi dessa vez com um sorriso, me lembrando alegre da manhã graças a seus melhores cinco minutos, tão maiores que as várias horas diminuídas pela mesmice. Vez e outra, meu cansaço nas manhãs de sábado era potencializado por saídas na noite de sexta, que, se desgastavam mais o corpo, descansavam a mente, e a preparavam para o insuportável tédio que viria. Tia B., claro, criticava minhas chegadas nas sextas em meio à madrugada. Eu, mesmo não vendo nas saídas o problema que ela via, comecei a evitá-las, incomodado ao pensar que ela, que acordava ainda mais cedo que eu, se preocupava com minhas demoras, e por isso tinha dificuldades em dormir. Ainda que não me tratasse exatamente como uma mãe e raramente me corrigisse ou exigisse algo, não deixava de ser uma figura materna. Era a mulher que me permitia viver em sua casa sem receber nada em troca, recusando até a minha insistência em pagar alguma conta. Ela me cedia o quarto onde pouco antes morava sua filha, e qualquer coisa que falasse quanto à casa eu acatava. Olho para o Treino da época e enxergo a culpa que eu sentia, até então sem consciência, por aceitar essa generosidade, mesmo que tudo isso ela me oferecesse de bom grado, até com certa alegria. Ali, eu tomava um cuidado que até então nunca tinha tomado para não deixar luzes acesas ou tomar banhos longos demais, tentava fazer o mínimo ruído possível depois das 21 hrs, horário em que ela dormia, mesmo que, desastre que sou, às vezes me distraísse, deixando portas baterem ou ligando a TV ou o telefone alto demais em meio à noite, e abaixando o volume em correria. Me assombrava a noção de que nada daquilo era meu, de que não era minha casa, e mantinha em mente, com esforço, as diferenças entre aquele quarto e o meu, aquela casa e a casinha da Mãe em Lagoa da Prata. Não devia me acostumar, ao menos até que arrumasse os bons empregos pós-faculdade que a família esperava como se fossem brotar naturalmente do esforço nos estudos. Quem sabe conseguiria sair dali rumo a coisa melhor; se não, talvez somasse meu salário ao de uma quem sabe futura esposa, ou fosse expulso suavemente dali quando tivesse um emprego melhorzinho, ou idade o suficiente para que minha presença se tornasse constrangedora. Por hora, deixariam que eu compartilhasse dessa vida mais rica que não era a minha, e que não podia compartilhar com a

Mãe. Não que ela fosse aceitar. Esse não-pertencer, mesmo na casa da Tia, reforçava a vontade de conseguir logo a minha, me fazia lutar contra meus instintos nada econômicos de torrar o salários, já que não precisava pagar contas. Era por isso que, mesmo gostando cada vez menos do curso de Educação Física, jamais o abandonaria — parecia promissor demais para arrumar o mítico emprego que vivia ao fim do curso. Por ter concluído a universidade, agradeço em grande parte ao Bruce, única amizade real que saiu daquelas salas de aula, uma pessoa tão interessada e animada pelas matérias que acabava por contagiar. Nos conhecemos no primeiro dia de aula. Almoçamos juntos porque, segundo ele, eu era o único na turma que não era completamente branco. Eu, que nunca tinha pensado em mim mesmo dessa forma, não disse nada, até porque ele, falante como é, não me deixava muito tempo, e me ensinou muito de sua vida já no primeiro encontro. Alguns anos mais velho que eu, praticava desde os 10 anos o muay thai que ensinava há mais de 5.

Tem que estudar, irmão, estudar sempre, ainda mais ensinando artes marciais. É o que o Bruce Lee falava: a longo prazo, a consistência supera a intensidade, e pra manter a consistência tem que saber evitar lesões, lidar com as que aparecerem, com aluno que se machucar, esses dias mesmo fui lutar com o Mauro, não sei se tu ouviu falar, um mestre, o Mauro, e tinha um novato lá, carinha grande, quis lutar comigo. Veio me olhando assim, cheio de marra, só porque toma veneno, mas quase nunca lutou na vida, eu olhei pra ele assim, ó. Respondi Vamo Lá Então, e irmão, juro por Deus, hora que eu virei o chute, ele não conseguiu anotar a placa. O Mauro tava ali do lado, deu até um sorrisinho, que ele é o único que consegue segurar o aparador pra mim quando eu tô com vontade, e esse cara tentou bloquear com a perna, mas o chute fez ele girar em cima do outro pé, a base não era firme, ele tentou apoiar de mal jeito, acho que deu até luxação... não apareceu mais na academia.

Eu abanava a cabeça, principalmente. Sei que, no RU, depois que terminei meu almoço, a bandeja dele seguia cheia, tantas pausas tinha feito no comer para contar histórias. Contou espontaneamente que

Bruce é um apelido, porque a primeira vez que lutei com o Mauro ele virou e falou *trincado e rápido desse jeito, tua única diferença pro Bruce Lee é que é preto!*

E por um segundo fiquei sem graça, mas acabei acompanhando, contagiado, a risada que ele deu depois de contar essa história, percebendo o quanto ele gostava do apelido. Antes que eu perguntasse seu nome verdadeiro, continuou.

Melhor só se fosse *Ali,* meu pai foi fã do Muhammed Ali a vida inteira, me mostrou vídeos dele quando eu era novo, tinha umas lutas em VHS (conhece VHS?), e foi por isso que comecei a lutar, *Float like a butterfly, sting like a bee,* mas perto de casa o que tinha era muay thai, que eu amo, mas o Ali eu mantenho aqui, no peito, ele o Malcolm X, como se os dois fossem amigos até hoje.

Impossível lembrar de toda uma conversa com o Bruce. Sei que era conhecedor enorme de filmes de luta, de grandes nomes pretos da política estadunidense, a ponto de saber falar de Malcolm X e Luther King com desenvoltura, mas falava pouco dos brasileiros, sobre quem demonstrava menos interesse não sei bem por quê. Talvez lhe parecessem próximos demais, não-tão-míticos, ou talvez boa parte do conhecimento que tinha viesse da leitura das biografias do Ali, de quem mais falava. Com o tempo, comecei a participar um pouco mais das conversas, contar mais sobre mim, às vezes até provocado por ele, que depois de falar de si por algum tempo, parava de repente e perguntava: *Mas e tu, irmão, como anda?* Quando eu contei, entre gole e outro num bar à esquina da universidade, da culpa que começava a sentir por morar na casa de Tia B. e não ajudar em nada, ele foi o primeiro a me dar uma perspectiva nova.

Eu te entendo perfeitamente, irmão. Tu sabe que com meu dinheiro eu nunca compraria essas roupas que eu uso. É quase tudo resto do meu pai.

Quando eu visito a cidade dele, fico na casa enorme que ele tem, cheia de luxo, mas fica sempre muito claro que nada daquilo é meu, entende?, é como se eu ganhasse entrada num parque de diversões. É visita com hora pra acabar num mundo que não é o meu, em que eu não sou empregado de ninguém e tenho vida boa.

Bruce olha para baixo por alguns segundos, em silêncio, testa franzida.

No fim das contas eu sou uma imposição pra ele. Eu sei disso, que ele quer me oferecer o mínimo suficiente pra não se sentir culpado, mas na realidade eu simplesmente não posso contar com ele. É isso que a gente é pra nossa família, às vezes, imposição — fora a mãe, mas às vezes até ela. Isso assim, se a gente for pobre, claro, ou precisar de algum outro tipo de ajuda que deixe eles se sentindo obrigados, culpados ou caçando justificativa.

Mas é aí que tá. Tu percebe pra quem tu não é imposição. Tu percebe quem realmente te ajudaria de boa vontade. Essas pessoas a gente sente e fica agradecido mesmo quando elas não podem ajudar. Elas sabem que o que você faz pelos outros é o aluguel que a gente paga pelo nosso pedaço dessa Terra.

Fora que isso não é comércio, irmão. Pelo que tu me conta, tua tia te ajudou porque quis, de bom grado, sem achar ruim ou pensar em cobrar. Aceita. Tu não tem que pagar, tem só que respeitar o que ela quis te dar, agir de acordo, aceitar a escolha que ela fez de te ajudar, entende? É até bom ser assim. Mais pra frente, quando puder ajudar alguém, tu não vai esperar nada em troca e não vai se achar.

Eu nunca resistia um sorriso quando Bruce, no meio de uma conversa, deixava esse seu lado vir à tona. Acho que não fossem as conversas que tínhamos sobre solidariedade, generosidade, ego, teria sido mais difícil aceitar a proposta de Babi, que hoje paga pelo nosso teto. Ela mesma não gosta muito do Bruce graças aos machismos que ele às vezes deixa escapar, mas ao menos nesse ponto os dois concordam. Quando eu e Rodrigo saímos de Lagoa da Prata, eu estava afastado de Babi há um tempo. Perdemos muito o contato com sua mudança de escola, e eu me sentia rejeitado pela falta de interesse dela por mim. Com Rodrigo ela manteve alguma proximidade. O contato por telefone não tinha tanta força quanto os encontros pessoais da nossa infância, mas os dois nunca deixaram de conversar de todo. Não que ele comentasse a respeito: por exemplo, só soube que ela se mudara para Curitiba quando a porta do carro de Rodrigo se abriu e ela estava lá, no banco de trás. Os cabelos cacheados, pela primeira vez pintados de ruivo, roçavam o teto do carro, e a blusinha leve que vestia deixava à mostra parte do sutiã — coisa que jamais teria usado antigamente, que me parecia tão sexy e que, me incomodava imaginar, ela usava para impressionar o Rodrigo. Não sei se iludi um desconforto entre Maitê e Babi quando entrei, mas se havia, desapareceu na minha presença: minha chegada trouxe seu próprio desconforto. Os movimentos do abraço que trocamos foram engasgados, hesitantes. Rodrigo e Maitê conversavam no banco da frente, e eu e Babi começamos, cada um encostado em sua janela, a conversinha pálida sobre o que ela achava da cidade, quando tinha chegado, como estava a família, etc. Se o relacionamento entre Rodrigo e Maitê era aberto, pareceu mais fechado que nunca naqueles tempos, embora Maitê fosse orgulhosa demais para demonstrar desconforto ou ciúme que não fosse pela fuga de detalhes discretos. Babi se mudara naquela mesma semana; de início imaginei que seria um golpe para ela, chegar mala e cuia numa cidade em que só conhecia nós dois e nos achar tão outros. Rodrigo era mais inacessível, mais melancólico, e tinha hábitos tão diferentes. Eu, outro lado, mudara rumo ao que ele era anos antes, coisa que Babi descobriu aos poucos. Em uma de suas primeiras semanas na cidade, saímos os dois numa noite fria e sem nuvens. Ela tinha carro, mas decidimos andar pelas ruas do centro, as mesmas que normalmente eu cobria com Bruce e a essa hora eram repletas de bares cheios, pessoas de pé nas calçadas e mesas espalhadas nos calçadões. Mostrei a ela o Camaleão, o Fogo, o Caffeine, deixando para outro dia o Lab, que era um pouco mais distante desse circuito e mais difícil de visitar a pé. Entrávamos nos bares, comprávamos bebida e ouvíamos um pouco a música que tocava; depois, saíamos, e entrávamos no bar seguinte, o mesmo copo na mão, e ouvíamos um pouco da música dali, a própria cidade e seus lugares se transformando num assunto que nos conectava, e permitindo que nos víssemos um pouco melhor e começássemos a perceber a ponta de nossa mudança. Devemos, sem notar, ter andado quilômetros. Como inevitável, acabamos falando bastante de Rodrigo, e aos poucos eu deixava de ouvir na voz dela uma paixão perdida e passava a ouvir a preocupação de uma amiga. Contei a ela dos primeiros encontros com Rodrigo, do nonchalant com que ele contou do HIV, de Werner (duas histórias que ela conhecia melhor que eu) e das mãos tão experientes no baseado.

Um baseado eu entendo, sabe?, todo mundo já fumou alguma vez. Mas comprar cocaína na esquina, isso me pegou de surpresa.

Ele não usa muito.

Ser sincera, fiquei com impressão de que ele tinha comprado porque eu tava lá, porque ele queria que eu visse ele usando.

Vai saber. O Rodrigo é imprevisível.

Bebemos em silêncio por alguns segundos à frente de um dos bares da Trajano, olhando na direção dos moleques que, quando passávamos pela esquina, invariavelmente ofereciam *Vai um verde,? um raio*?

O mais triste não é ele usar.

É ele querer que a gente veja.

Concordei com o rosto. Começamos esse primeiro encontro conversando sem graça, separados por quase um braço de distância, mas voltamos dele caminhando abraçados na noite fria, até o apartamento que ela alugava e era próximo também do centro, da universidade. Só depois de acompanhá-la até lá pude processar o quanto ela tinha se transformado. Abandonara os vestidinhos comportados que a mãe escolhia, seus gestos eram mais abertos, a voz mais decidida, planejada. Pela primeira vez percebi que devia ser graças aos cachos no cabelo dela que gosto tanto de cabelos cacheados, desde que me dou por gente. A inteligência dela, que já me impressionava na época, agora se apoiava numa personalidade forte, numa capacidade de articulação muito maior que a minha, e o jeito direto com que se expressava, além de maravilhoso para matar na raiz qualquer desentendimento que quisesse crescer, me fez perceber, também, minhas próprias mudanças. Na época, eu já tinha lido todos os livros no quarto de Carol e começara a comprar os meus. Absorvera por osmose algum conhecimento nas saídas com Rodrigo e Maitê e Bruce, e até mesmo com Ricardo e Carol, pessoas cujo pensamento era tão oposto que me impedia de simplesmente concordar, exigia que eu pensasse, aprendesse sobre o que eles diziam e aos poucos me informasse melhor. É verdade que o trabalho e os estudos se somavam num todo tão cansativo que parecia impossível ler o que não fosse lazer em meu tempo livre, por mais que eu me interessasse, mas aos poucos eu ganhava consciência sobre algumas questões políticas, e quando Babi chegou à cidade eu era capaz de falar coisas que ela nunca teria imaginado saídas da minha boca. Passamos a nos ver ao menos uma vez por semana, mesmo com nossos horários restritivos atrapalhando um pouco — se eu tinha trabalho e universidade, ela tinha os horários puxados do curso de medicina somados às matérias extras que uma transferência de universidade acarretava. Íamos ao posto do Bonfim, comíamos bao, poke, qualquer coisa com nome incomum que não existisse em Lagoa da Prata por mais estranha que fosse ao nosso paladar, e passávamos horas conversando gritado por sobre a música nos bares próximos ao largo. Acho que foi lá que comentei, como querendo nada, que, de início, pensei que a mudança dela para Curitiba era por causa do Rodrigo, daquela paixão que em pequena ela teve por ele. Lembro bem do sorrisinho leve que ela deu, da mão que quis subir ao cabelo, mostrando que ela entendera o porquê dessa pergunta — mas isso durou um segundo. Ela conteve a mão, e o sorrisinho foi substituído por uma expressão mais séria.

Eu pensei na possibilidade, claro. Era uma paixão de infância, uma coisa não resolvida.

Mas sinceramente? Se você acha que eu me mudaria pra outra cidade a mil quilômetros de distância por causa de homem... parece a minha mãe falando.

Falando no diabo, quer saber por que eu me mudei pra cá? Por causa dela. Até hoje ela me trata como menininha, é tanta proibição, tanta exigência, horário pra chegar e sair, telefonema o tempo todo... eu perdi a virgindade num motel às três da tarde, porque até pra dormir na casa de alguma amiga eu era supervisionada.

Eu só contei que ia me mudar depois que aprovaram a transferência. Ela perdeu a cabeça, berrou, ameaçou, brigamos feio, mas meu pai me disse pra ir pro quarto e pôs panos quentes. Acho que ela só aceitou mesmo minha vinda porque se lembrou do Rodrigo e imaginou essa história. Ela se convenceu de que eu estava me mudando pela paixão, de que eu tinha conversado com o Rodrigo, que moraria com ele quando viesse, mas não queria contar. Daí ela jogava verde, me pedia pra "contar a verdade", soltava insinuaçãozinha de que era isso, só podia ser isso, se eu queria me mudar pra cá era porque o Rodrigo estava, enquanto eu escondia dela que o Rodrigo tinha namorada por medo de ela barrar a viagem — só contei quando cheguei aqui, pra ver se ela parava com essas perguntinhas.

E piorou. Ela perguntou se eu ia voltar, acredita? Até hoje fica dando indireta, cutucando, deixa perfeitamente claro que acha que eu não vou conseguir aguentar aqui sozinha... se eu preciso de alguma coisa, ligo pro meu pai, peço que não conte. Não quero ficar ouvindo os Já Decidiu Voltar? que ela solta no início de cada conversa.

Eu me lembrava da mãe dela, comentava da maneira como eu sempre a tinha visto sendo tratada na infância, e entendia bem do que ela estava falando. Isso era a experiência das nossas conversas: estar juntos era uma mistura única da familiaridade de alguém que participou das brincadeiras na infância com a novidade de alguém que, depois de tantas mudanças, parecia sempre ter algo novo a acrescentar, que surpreendia nas escolhas, nas palavras, nos gestos — especialmente naquele janeiro, quando me beijou na sacada de um bar na Trajano, onde tínhamos entrado depois de nos afastar do grupo, onde dançamos forró com o corpo colado, onde ela me puxou pela mão escada acima, me encostou na parede e me beijou com vontade, realizando um desejo que parecia ter nascido comigo. Continuamos nos beijando no banco de trás do uber e acordamos juntos no dia seguinte, sem roupa, descobertos, seus cabelos cacheados tocando meu corpo com cheiro delicioso, cinquenta mensagens e telefonemas da Tia por não ter aparecido em casa e uma mensagem do Bruce que terminava com 😎😏🍆💦. Desde essa primeira manhã, a presença dela não ocupava só o espaço: ocupava a mente, e por mais que eu soubesse que era cedo para esse tipo de afirmação, senti naquilo um namoro, e O Amor. Não falamos nisso nem eu queria exigir isso dela, mas a sensação era essa, e não demoramos a aceitar que fosse. Surgiu entre nós uma tranquilidade, uma sensação de pertencimento que não diminuía em nada a excitação e o calor. Talvez porque já a conhecesse há tanto tempo, a primeira manhã juntos já me pareceu cheia de cumplicidade e confiança — mas era sábado. Lhe dei um beijo leve no rosto, me levantei, e quando ela olhou, mal saída do sono, avisei que precisava trabalhar. Ela me ofereceu café, mas falei que não precisava, não queria atrapalhar sua volta ao sono. Respondi à Tia no caminho e cheguei à loja com pouco atraso (mas, por sorte, antes da gerente, que nunca conferia os atrasos no ponto). Tomei duas xícaras cheias daquele café horrível, abri o escaninho em que uma fita crepe marcava meu nome e retirei dali o uniforme extra que deixava guardado. Por volta das 11 recebi de Babi uma foto da cama vazia com a legenda 😭, o que ajudou a ocupar as últimas horas de trabalho com ansiedade em vez de sono e tédio. Fui até a casa de Tia B. para pedir desculpas e tranquilizá-la, tomar um banho e pegar roupa limpa. Almocei com pressa e segui para a casa da Babi. Essa acabou sendo minha rotina por um bom tempo. Quando contei à Tia, no fim de semana seguinte, onde dormiria, ela fez questão de um almoço de domingo comigo, Babi e Rodrigo, e por tabela com Maitê — mais um daqueles almoços constrangedores em que a Tia tanto falava que ocupava o espaço, e acabava sendo engraçado em retrospecto. Rodrigo e Maitê estiveram lá nessa primeira ocasião, mas daí em diante era um hábito só meu e de Babi, o almoço em dia de domingo com Vó e Tia, a ocasional aparição da Carol e a mais ocasional aparição do Ricardo, pelo que a Tia sempre cutucava Carol: *A Babi nem é minha nora e sempre vem almoçar, olha que gracinha,* ao que a Carol respondia *Ah Mãe, me deixa quieta* com algum cansaço, nervosismo, e vez e outra alívio na voz. A essa altura, Carol se afastara de Maitê, e eu via as duas em separado mais do que viam uma à outra. Maitê dizia que era graças ao Ricardo, que, a partir do casamento, Carol sumira e só fazia arrumar desculpas — e não era segredo, mesmo, que Ricardo era muito avesso à Maitê e ela o detestava, e conforme a política ao redor de todos nós se polarizava, as discordâncias entre os dois se transformavam numa impossibilidade de ocupar o mesmo espaço. Se ela estava, ele não — e o contrário. Se Carol chegava sem Ricardo num encontro qualquer, Maitê não se segurava: *Olha só, Ricardão concedeu permissão pra sair essa noite, que maravilha...*, e Ricardo, quando me recebia em casa, fazia parecido: *Que bom que tu veio, piá! Quando é a Carol quem sai pra encontrar vocês me pega um medo de ela me largar pra fazer a revolução com aquela tua amiguinha comunista!* Nos dois casos, Carol mandava que tomassem no rabo, Maitê/Ricardo riam, e ninguém voltava ao assunto. Acho que os comentários e piadinhas desgastaram Carol a tal ponto que ela preferiu deixar de lado nossas saídas noturnas. Não duvido também que achasse conforto na paz de não precisar sair, de curtir as festas mais ricas na própria casa, e acabava não se animando a buscar outras coisas. Nessas festas em sua casa, claro, Maitê pouco foi — até onde sei, foi num único dia, resultando no desastre de se esperar. A casa de Ricardo e Carol era bastante longe do centro, nesses bairros em que só há supermercados pequenos e boa parte das lojas são casas ricas com placas mais ou menos discretas. O quarteirão onde moravam se destacava no bairro por ser um quase-condomínio — tinha uma única entrada e saída, passando por uma guarita onde um guardinha vigiava constante, embora o lugar não tivesse cancelas ou outro tipo de bloqueio físico à entrada nem fosse murado. Ali dentro havia um único quarteirão longo, de casas enormes, rodeado por uma extensão de terra com árvores grandes o suficiente para que, de fora, não se conseguisse ver a casa de três andares onde Carol e Ricardo moravam. O andar mais baixo, único que conheci, abrigava o que Ricardo chamava de *Dungeon* — sala com computador gamer, apetrechos para streaming e armários cheios de jogos de tabuleiro — além de uma mini sala de cinema. Ao lado, havia um banheiro, uma cozinha pequena e uma área coberta que se abria num dos lados para uma piscina e abrigava uma mesa-antiguidade de madeira maciça que o pai do Ricardo colocara ali anos antes, além da churrasqueira que nunca vi sem carne, cuja fumaça subia por chaminé vários metros, até vazar acima da casa. Estava sentado à mesa com Carol, Ricardo e os tantos sem-nome que sempre apareciam, quando Maitê entrou. À vista da camiseta vermelha que dizia *Lula Livre*, Ricardo bufou, e alguns sádicos maldisfarçaram sorrisinhos. Ao possível, tudo parecia bem; Maitê cumprimentou Ricardo burocraticamente, recebeu um *Tudo bem?* formal de volta, abanou a cabeça e se sentou do lado oposto da mesa de madeira larga, já repleta de gente, perto de onde eu estava. Carol se sentou ao lado, e conversamos por tempo suficiente para eu chegar a imaginar que tudo ficaria bem. O Rodrigo, disse Maitê, preferiu não vir; andava desanimado, sem sair muito que não fosse me encontrar ou saírem os dois sozinhos. Ela comeu seu pão com vinagrete, mandioca e molho de alho e bebeu várias cervejas, mais rápido que de costume. Conseguiram, ela e Ricardo, se ignorar com sucesso na maior parte do tempo — embora fizessem vez e outra comentário sobre política alto o suficiente para que se ouvisse do outro lado da mesa. Era como se desafiassem, testassem quem daria passo adiante. Essas cutucadas se somavam aos poucos consigo mesmas e com o álcool que cada um bebia, e ficavam cada vez mais pessoais. Ricardo começava frases com *A Maitê acha que* e terminava com *não é Maitê?*, e ela fazia parecido, às vezes trazendo o *paipai rico* do Ricardo para a conversa. Acho que foi num comentário do tipo que ele se levantou, intensidade tanta que seus óculos de aro redondo saltaram no rosto e a cadeira pesada se arrastou pelo chão alguns centímetros, se inclinando numa quase queda.

Que odeio rico, Ricardo, acorda, o problema não são os ricos, o problema é o sistema que deixa eles surgirem, que só favorece quem tem, fora que se tu é rico é porque paipai te banca enquanto você vem com papinho empreendedor.

E porque tu merece isso sem esforço?

Faça-me o favor Ricardo, então não vem falar de meritocracia e justiça porque se o teu mérito máximo é que teu pai merece te dar uma casa então puta que pariu, parabéns hein, meu guerreiro!

O negócio é que tu odeia rico, Maitê, isso é inveja, assim tu não vai chegar lá, não vai conseguir nada.

Tu vem sempre com esse papo de sistema, sistema, sistema, isso é desculpa de quem não consegue chegar lá, de quem não tem força, foda-se se a casa é do meu pai, ele conseguiu batalhando, o esforço dele valeu, e nem é uma questão de eu merecer, é uma questão de ele merecer dar isso pro filho.

FODA-SE, a questão não sou eu não é meu pai, a questão é o mundo, é

E tu acha que no mundo em geral as pessoas estão em pé de igualdade, Ricardo?, larga de ser ridículo, um ou outro que fez sucesso são no máximo exceções— "muita gente" é teu rabo, quantos em quantos milhões, hein, quantos exemplos tu ouviu falar na vida toda, e a gente não tá falando de sair de vida miserável, a gente tá falando de riqueza, esses são os casos mais raros do mundo, raríssimos— e força de vontade rara é o caralho, todo mundo quer conforto, ninguém quer passar fome, a gente tem o privilégio de trabalhar pra viver, mas muita gente vive pra trabalhar infinitas horas por dia e mesmo assim mal consegue manter teto em cima da cabeça da família— e que bom que tu pelo menos é honesto, que confessa que tá pouco te lixando pro povo, mas pode ter certeza, ninguém nunca imaginou que tu ia chorar, tu acha fácil porque paipai te dá teto e dinheiro e tu quer achar que é responsável por alguma coisa, que não veio tudo de bandeja, que não é um peso inútil que ele arrastou— rá, é até engraçado ver tu falando de não depender dos outros, dependente que tu é, de repente esse medo é porque tu nunca ajudaria ninguém mesmo sendo

o esforço de cada um na vida, por que as pessoas, porque entre as pessoas têm casos e casos, muita gente que saiu do nada e fez sucesso— e é muita gente, muita gente sim, todo dia alguém sai de uma vida miserável, consegue chegar numa situação muito melhor— e mesmo falando de riqueza tem gente que conseguiu, e sim, são casos raros, mas isso é porque a força de vontade é rara, as pessoas desistem, não têm confiança, querem conforto mas não querem esforço pra conseguir— e tu acha que todo mundo é nobre, trabalhador incansável, mas fica, fica nessas tuas frasesinhas de efeito, a realidade é que tu não suporta a ideia de que o mundo é cheio de fracassado, de gente sem vontade, e se eles não se esforçam o suficiente pra chegar lá não sou eu que vou chorar— e não é questão de se importar, Maitê, é isso que tu não entende, a questão é que se cada um se importar e correr atrás do seu, todo mundo fica bem, porque se tu depende dos outros tu tá fodido, não dá pra confiar em ninguém nesse mundo, se precisar de alguém pra ajudar você vai se foder— e não importa se eu ajudo ou não porque cada um tem que

e então Carol, que até então tentara chamar os dois, que apertara o braço de Maitê e lhe chutara a perna discretamente, deu na mesa um tapa que com certeza ficaria doendo por algum tempo e gritou *Ricardo! Vem aqui agora!*, alto o suficiente para silenciar os dois, e arrastou pelo braço o homem que, apesar da voz grave, era da mesma altura e bem mais leve que ela. Só ouvi a frase *Você vai parar com essa merda agora* antes de ela bater a porta que separava a cozinha externa da área onde estávamos e aumentar o volume da música que tocava, escondendo a voz atrás do som do Metallica. Fiquei ali, sentado ao lado de Maitê, sem saber o que dizer pelos poucos segundos antes de ela se levantar, virar as costas à mesa e andar exasperada ao redor da piscina, mexendo no telefone. Em alguns segundos o som se abaixou novamente. Carol saiu da cozinha e se aproximou de Maitê, que respondeu antes que ela falasse qualquer coisa.

Eu sei. Já pedi um 99. Não devia ter vindo.

Carol acompanhou até a porta. Ricardo foi da cozinha ao banheiro rápido, como quem esconde alguma coisa — acho que tinha chorado. Saiu do banheiro e se jogou na piscina, onde nadou em silêncio algum tempo, enquanto os outros fingiam que nada tinha acontecido, jogando nele um e outro olhar que pousavam com uma mistura de constrangimento, pena e sadismo. Devagar, ele voltou. O churrasco aos poucos se recuperou, e ao final ele parecia ter se tranquilizado — e se por dentro remoía, não se conseguia ver. Ricardo tinha ali a possibilidade de se distrair, picanha, cerveja, piscina, amigos que por nada largariam o osso, e torci para que Maitê também pudesse encontrar seus amigos, ou pelo menos Rodrigo, que pudesse ir em lugar onde a recebessem bem e pudessem lá falar mal de Ricardo. Acho que a entendi um pouco melhor naquele dia. *O Raul é um pouco exagerado. Esse louvor à natureza e essa coisa de jovem místico não funcionam muito pra mim — mas uma coisa eu admito:*

Maitê respirou fundo, e um leve sorriso tomou forma.

Não existe espaço melhor pra relaxar.

Era verdade: ela me parecia mais calma que nunca. Estávamos no rio próximo à fazendinha em que o irmão de Raul morava. O dia de verão de poucas nuvens no céu não impedia a água de ser incrivelmente gelada, e ouvimos, à distância, o grito selvagem que Raul deu ao se deitar sob o único e pequeno íngreme que a água formava — uma minicachoeira de água corrente e congelante. Era o que ele chamava de limpeza espiritual. Era mesmo uma sensação boa, de liberdade, de esvaziamento, ainda que a temperatura da água fosse quase insuportável, ou talvez justamente por isso. Não tivéssemos passado por essa "iniciação", eu e Maitê não conseguiríamos estar assim, sentados no rio, a água gelada chegando até nossa cintura: o mergulho anterior nos acostumou ao frio. Ela olhava, com uma tranquilidade que eu raramente via em seu rosto, a paisagem à nossa frente. Um pequeno banco de areia e pedras lisas dividia o rio em dois. Mata e árvores de um verde claro e brilhante cobriam a colina que subia à nossa esquerda, e os galhos que pendiam das árvores mais próximas enchiam de verde o ar, desenhando no rio sombras que eram penetradas aqui e ali pelo ouro que o sol derramava.

Esse lugar tem uma aura. Não sei explicar bem.

É leve.

As coisas aqui não têm propósito.

Propósito?

Isso, no sentido de que... elas só existem. Elas não precisam organizar nenhuma manifestação, concluir nenhuma tese—

Vender a cota do mês.

Exato! Elas coletam os nutrientes necessários, tentam evitar predadores e sobreviver. E ficam satisfeitas.

Quando eu venho pra cá, o celular sem sinal me deixa sentir que talvez, pelo menos por algumas horas, eu também possa não ter propósito nenhum.

Tudo o que eu faço na cidade parece tão distante, tão desconectado dessas necessidades básicas. Colher é muito próximo de comer, mas preencher um edital é coisa de outra dimensão.

Sei lá. Talvez isso não faça sentido. Mas eu consigo relaxar mais fácil nesse tipo de ambiente. Até me deixo falar essas ideias desorganizadas.
Ela me olhou com o sorriso leve que até então não deixara seu rosto, e parecia tão certo ali. Apoiando de leve uma das mãos em minha coxa, continuou.

E me diz que não é verdade. Que não existe uma tranquilidade, um relaxamento, uma vontade de tirar a roupa e pular nessa água gelada, viver sem outra preocupação? Deixar o instinto e a vontade falarem por nós?

Mas antes que eu pudesse responder, ela se levantou.

Mas fazer o quê?

Talvez um dia eu consiga deixar tudo de lado. Por agora ainda faço questão de um pouco de briga e barulho.

E riu. O sol contornava as curvas de seu corpo com delicadeza, a destacando do mundo ao redor, e seus seios se movimentaram com o riso, reorganizando a paisagem. De algum modo, os pelos que ela tinha sob os braços e sempre me desconcertaram, naquele momento me pareceram a coisa natural que eram, talvez pelo ambiente em que estávamos, talvez por já ter me acostumado a eles.

Bora?

Mas eu falei que queria ficar mais um pouco. Ela sorriu.

Faz bem.

Não estávamos a muitos metros dos outros, mas uma curva no rio impedia que, dali, pudessem nos ver, e protegia contra quem quisesse incomodar a tentativa de silêncio. É verdade que, em parte, eu tinha ficado ali para esconder mais uma ereção inconveniente, que aparecera quando ela tocou minha coxa e eu, instintivamente, olhei de relance para o corpo que o bikini pouco escondia, o corpo que eu conseguia imaginar por completo, tantas vezes a tinha visto na casa de Rodrigo vestindo uma camiseta dele e mais nada, deixando que o tecido a tocasse com delicadeza e revelasse seu desenho. Mas não era só isso; também ficava porque não tinha terminado de pensar no que ela tinha dito. Fechei os olhos, me deixei sentir e ouvir, deixei os pensamentos correrem acompanhados pelo som da água que se movia, das folhas que o vento agitava, e em seu movimento, às vezes deixavam que eu sentisse na pele o calor do sol. Não sei se, ali, ela teria se importado se visse minha ereção. Era comum, natural, inevitável. A vontade de prazer não era um problema, embora as reações que causava pudessem ser. Por muito tempo aquelas ereções pareceram uma força inconveniente e vaga, como se tentassem me forçar a fazer algo, feito um olho que me pressionava numa direção ou o jeito como o Venâncio menino me fazia sentir obrigado a agir de um certo modo, e era libertador ganhar consciência de que essa direção não era uma só, que eu podia com tranquilidade e até alívio sair daquele caminho. Eu poderia tomar as mais horríveis atitudes, mas podia ignorar o que acontecia, podia esperar, podia tirar minhas roupas e nadar de pau duro na água congelante e gritar para Maitê que pulasse também para que eu pudesse comê-la, podia ali mesmo me masturbar pensando no corpo que há poucos minutos estava a meu lado, e ainda assim, estranhamente, o que me fez gozar na água que corria não foi a Maitê nua que construí tão claramente na imaginação somando os traços que conhecia, mas a lembrança dos vislumbres, daquilo que ela deixava visível, que contornava suavemente o corpo que eu gostaria tanto de Sempre a tinha achado um tanto agressiva, e naquele dia essa impressão mudou um pouco, talvez porque a vi perto de Ricardo. Percebi que ele nunca me parecera agressivo, ainda que fosse ele quem fizesse esforços malfadados para falar alto, quem ganhasse na voz uns agudos de criança birrenta conforme se exasperava, enquanto a voz um tanto aguda e perfurante que ela tinha parecia, pelo contrário, ganhar firmeza conforme o volume aumentava, se aproximar mais do timbre de seu canto. Percebi que em vários outros casos confundira sua intensidade forrada de entusiasmo com agressividade, e me lembrei de um de nossos primeiros encontros, naquela primeira manifestação em 2013, pouco depois do casamento de Carol mas antes de a hostilidade entre Maitê e Ricardo ganhar tanta força. Naquele dia, depois de algum tempo bebendo e conversando na praça em frente ao Laboratório, fomos finalmente convidados a entrar. Carol e Ricardo não aceitaram, mas nós outros sim. Bruce disse que dali a pouco chegava, e eu esperava encontrá-lo o mais rápido possível para sair do status de vela que, ficando sozinho com Maitê e Rodrigo, acabara assumindo. Eu sabia que as paredes amarelas do bar eram cobertas quase por completo pelo grafite de vários artistas da cidade, mas se a arte que escalava as paredes não tivesse tanta magnitude, nuns casos chegando ao teto, seria invisível atrás da massa de gente ali dentro, que conversava alto, dançava, bebia ao som de samba e tropicália e de uma MPB contemporânea que até então eu mal conhecia, dando um clima quase carnavalesco ao bar. Nos sentamos com Lucan e Raul, que eu ainda não conhecia e já ocupavam uma mesa quando chegamos, o primeiro com uma camiseta que dizia *Sem tesão não há revolução*, o segundo trajando um vestido em que se espalhavam sem ordem as cores do arco-íris. Nessa época, recém-chegado de Lagoa, ainda estava me acostumando à ideia de que, entre os amigos de Maitê, todos se cumprimentavam com abraços — mas esse dia de tantos sorrisos parecia quase exigir de mim que distribuísse alguns, e acabou parecendo natural. Nos sentamos, bebemos, e por mais que eles, mais cientes do mundo político do que eu, enxergassem certo incômodo no ar, apontassem dúvida ou outra a respeito do rumo dos acontecimentos, eu achava fácil sorrir, mesmo mal conhecendo o lugar, a cidade, as pessoas. Pela primeira vez, ouvi a palavra béra usada para dizer cerveja, "tesão" usado como gíria, e entendi que para eles "bater-boca" era chupar o mesmo que "chupar buceta" (o que, sempre que eu voltava a Minas, me fazia rir durante certas conversas sem que ninguém a meu redor entendesse por quê). Falavam das pessoas ausentes do movimento por não acreditar nele e de vários dos temas que Maitê já vinha discutindo com Rodrigo.

A gente é intelectual demais, mesmo com boas intenções. Subestimamos, esquecemos que a grande maioria do povo, se não tem conteúdo, tem a experiência de vida que motiva a lutar, que eles entendem a luta melhor que nós. Falar da luta de classes porque o paipai comprou livro e pagou faculdade é privilégio, é bem mais fácil que ser fodido pelas consequências dessa luta. Essa manifestação é por conta do *preço da passagem*, e estamos fazendo ela longe pra caralho da CIC, do Parolin, Tatuquara, longe justamente das pessoas que não tem como comprar passagens extras e vir até aqui, e eles não conseguem porque nós *escolhemos* fazer a manifestação longe deles, porque a gente quer que as fotos mostrem o predião bonito. Eu sei que faz algum sentido escolher um lugar que incomode quem manda, mas é na periferia que os trabalhadores vivem, e tirando um grupo pequeno ou outro, ninguém faz esforço nenhum pra trazer o pessoal da periferia pra cá. Nós ficamos aqui, um negro a cada mil pessoas, subestimando a necessidade dessas presenças, ficamos querendo que a revolta seja feita de gente que estudou, que conhece política, que leu Marx e o caralho, e esquecemos que é impossível que a educação no país chegue nesse ponto *antes* de uma revolução, que é impossível esperar que o povo chegue nesse ponto. Antes disso, vamos sempre ser uns poucos, cada um se achando mais que os outros.

E era assim que ela apoiava a manifestação: criticando o tempo todo, mas intercalando um "mas eu entendo que..." ou "faz algum sentido, mas...". E enquanto ela falava, quase que magicamente, a gente ouvia. Sua voz e sua presença ocupavam o espaço ao redor, e eu sentia que interromper teria algo de sacrílego — ainda mais se a interrompesse eu, único da mesa incapaz de discutir ou acrescentar. Só nesse momento, quando Lucan começou a falar, me senti de algum jeito parte daquilo: ele começou a traçar paralelos — forçados, mas mesmo assim — entre a situação e o filme *Truque de Mestre*, ou ao menos acho que era esse filme. Perguntou se os outros tinham visto, recebendo resposta afirmativa de poucos, sendo que a maioria achou graça na comparação e viu nela uma piada. Eu respondi, falando alguma coisa no entusiasmo de ouvir um tema conhecido, e acabamos conversando paralelos sobre isso, enquanto Maitê levava a conversa geral a outros tópicos — não sei se de acordo com a vontade de todos, ou porque sentiam-se envergonhados de falar de coisas tão chãs diante dos olhos julgadores dela. Eu, que me sentia julgado pela maioria dos conhecidos, tão mais lidos e politizados que eu, conseguia ignorar mais fácil; Lucan, fui aprender depois, sempre levantava esse tipo de tema, e como os resultados eram sempre parecidos, já nem lhe incomodava mais. Nossa conversa, nesse dia, durou pouco — ele conseguia participar do grosso da conversa mais politizada, tinha amigos em comum com Maitê, tinha seus papos de casal com Raul, etc. — mas por pouca que fosse, me ajudou a participar e até a entender melhor alguns aspectos do assunto. Ajudava também que, além dos grafites na área externa, as paredes internas da casa em que o bar era montado fossem também cobertas da arte de artistas locais — Edson Fernandes, Fábio Baroli, Guilherme Rosa — não conhecia os nomes, mas gostava de tudo, mesmo não sabendo avaliar coisa nenhuma. Acabei me concentrando numa pintura específica, um vulto, como de alguém coberto por um saco preto, pouco visível, com centenas de pontos avermelhados, minúsculos, indistinguíveis, cercando uma cabeça amorfa. Me distraí tanto tentando entender e enxergar aquela imagem, só um pouco distante, só um pouco oculta pela penumbra, que quase pulei de susto quando senti no ombro um toque de Bruce, que finalmente aparecia. Me deu um abraço, lhe apresentei rápido aos outros, e saímos pelo laboratório, cervejas nas mãos, conversando sobre o dia impressionante, acompanhados de Elisa, prima dele, e de alguns amigos seus sem-nome. Ele, como Maitê, tinha seus pessimismos, mas no geral estava mais alegre e, como eu, era naturalmente mais inclinado a aproveitar a desculpa que houvesse para curtir uma festa. Rodrigo e Maitê foram embora juntos na madrugada, Lucan e Raul só vi passando de longe, e ainda não eram tão conhecidos para que me aproximasse, e por isso fiquei com Bruce, Elisa e os outros na área externa, sob a rede que não deixava que folhas e mangas caíssem nas nossas cabeças, mas permitia que víssemos o céu da noite, mesmo que as luzes do bar ofuscassem parte das estrelas. Bebemos no interior do som que estourava, e apesar de qualquer dúvida ou medo, permitimos que o otimismo viesse, e com ele essa felicidade rara, debaixo da luz e dos grafites pintados nas paredes, os mesmos grafites que desenharam os contornos dentro dos quais eu e Elisa nos beijamos. Acordei no dia seguinte com a cócega dos cabelos cheios dela num quarto da casa de Bruce — ela tinha idade próxima à minha e ir para sua casa era tão impensável quanto para a casa de Tia B. Toquei nos seus cabelos e pele cujo pretume se destacava dos lençóis rosados, e ouvi sua voz doce enrouquecida de leve pelo sono. Trocamos um beijo, senti sua mão que descia para o meu pau já duro e transamos mais uma vez, tentando fazer silêncio — o que ela achava ainda mais excitante. Quis assistir enquanto ela vestia as roupas do dia anterior, uma camiseta vermelha, sem sutiã que cobrisse os peitos pequenos e firmes, a calcinha branca de renda, a calça jeans. Tomamos café juntos à mesa com um Bruce que falava, falava ainda mais que o normal, acho que tentando distrair a si mesmo da situação constrangedora. Fomos embora rápido, fugindo desse embaraço, e nos despedimos com um beijo leve à porta, depois de trocarmos telefone. Pouco meses antes eu perdera a virgindade daquele jeito burocrático, numa noite começada tão bem e de repente imobilizada por preocupação enorme, uma preocupação que nem sequer era minha; nessa noite, talvez afetado pela rapidez de tudo, pela alegria ao redor, tinha gozado um gozo que era o respirar fundo depois do sufoco. Segui para casa leve, aéreo. Elisa e eu voltamos a sair algumas vezes, mas não durou tanto; por mais que na cama tudo continuasse bem, acho que eu não era interessante o suficiente para ela, ou talvez a noite cercada de loucura e alegria indiscriminada tenha sido um início bom demais para que pudesse ser mantido. No caminho para casa, o telefone, até ali estranhamente silencioso, vibrou. Havia uma mensagem enviada por mim para a Tia B. de que eu não me lembrava, avisando que eu dormiria no Rodrigo, e outra abaixo, que ela tinha acabado de enviar, me lembrando de que era dia comunitário e eu tinha que acompanhar minha Avó até o passeio público. Não me incomodou, particularmente — já estava a caminho de casa e me sentia bem. Tomei um banho sonolento e quente e almocei com elas antes de sair. Minha presença no passeio público era inútil, e a Vó tinha plena consciência disso. Era ela quem entendia de pokémons, e nem dirigir eu sabia, para que pudesse guiar o carro da Tia até lá. Não falávamos nada além do essencial e seguíamos juntos para que Tia B. se sentisse melhor, mas na prática eu só acompanhava a Vó até que ela encontrasse um colega da LPTI, colegas que normalmente eu via primeiro e indicava, ela ocupada com a tela. Marcávamos ponto e horário de encontro *caso a gente se perca*, mas sabíamos perfeitamente que não pretendíamos ou precisávamos ficar juntos. O dia comunitário era longo, e normalmente eu me dividia entre leituras, visitas às padarias próximas, e caminhadas que faziam meu cérebro funcionar melhor e pelas quais peguei gosto, a ponto de começar a caminhar sem rumo no meu dia a dia, quando precisava pensar ou acalmar a mente. Para a Vó não fazia diferença se eu sumisse por uma hora ou cinco, desde que estivesse lá ao fim do dia comunitário, quando Tia B. nos buscava. Era uma cena curiosa, aquele grupo de idosos acompanhado de uns poucos netos. A maioria das crianças caminhava ao redor e brincava entre si perto do núcleo da LPTI, muita vez se cansando eles próprios do jogo que os avôs e avós tratavam como obrigação. Acabavam se dispersando, de um modo que chamava ainda mais minha atenção para o quanto os membros da LPTI se concentravam *ah, mas eu acho que ela é bem mais feliz, agora. Antes a Vó vivia numa quase depressão, quieta, sem interesse nenhum... minha Mãe incentivava a fazer hidroginástica, começar aulas de pintura, montar um brechó (a Vó teve um brechó em Lagoa antes de se mudar pra cá). Parece que mesmo naquela época, com seus 50 anos, a Vó enchia uma sacola de roupas, amarrava na garupa de uma bicicleta e saía, levar até a casa das clientes. Ficava horas e horas conversando mesmo com quem não comprava nada — mas aí aconteceu um acidente: eu nasci. Meu Pai e minha Mãe trabalhavam na mesma empresa, nenhum dos dois tinha tempo livre e os salários que tinham na época não sustentariam uma babá. Minha Mãe convocou a Vó, que veio pra Curitiba morar com a gente, cuidar de mim. Quando você nasceu eu tinha três anos, e em Lagoa da Prata o Vô e as Tivós podiam ajudar: a Vó ficou, e conforme eu fui crescendo, ela envelheceu — não sei se, enquanto eu era pequena, não teve interesse em qualquer outra coisa além de cuidar de mim, e quando não precisava mais fazer isso, ela simplesmente parou — não sabia mais o que fazer. Ficava em casa assistindo televisão e ia ao médico. Chegou a ser diagnosticada com depressão e a tomar alguns remédios por um tempo. Quando o pokémon foi lançado e todo mundo começou a jogar, eu e uns amigos frequentávamos o Passeio Público, e minha Mãe insistia que eu levasse a Vó, e insistia com a Vó que fosse. Não que ela imaginasse que a Vó teria interesse no jogo, mas queria que ela saísse de casa um pouco, caminhasse, visse gente. A gente ia, eu um pouco sem graça, sem querer passar a impressão de que não queria ir com ela, e ela deixando claro que não queria estar ali. Até que encontrou no passeio um outro senhor, que ela conhecia do tempo em que eu era pequena, e que na época também levava o neto pra passear, e descobriu que ele jogava. Ele acompanhava o netinho mais novo, que tinha pedido que ele instalasse o jogo, e começou a jogar com ele também. Foi ele quem ensinou à Vó. Ela estava num período bom da depressão (assim, alguns remédios tavam funcionando bem) e gostava daquele senhor, então começou a jogar. Conforme meu interesse no jogo diminuía, o dela aumentava. De repente era eu quem tinha que acompanhar, porque minha Mãe tinha medo que ela fosse sozinha, e acabei mantendo aquele interesse fuzzy — já estava lá mesmo, e a Vó gostava de falar sobre o jogo, então acabava sendo* ou se juntava em reide, tentando atingir metas com seriedade tanta que fazia pensar em trabalho e estudo, coisas que no fim do semestre me enlouqueciam aos poucos, tamanho trabalho e tão pouco tempo livre. Na lembrança, entendo que isso me incomodava: sei que me sentia sem rumo, sem objetivo, que em nada na vida eu tinha o foco que aqueles idosos dedicavam aos pokémon. Gostaria de ter, mas até meu trabalho e o curso que tinha escolhido pareciam mais fardos que outra coisa, e a dedicação da Vó só me parecia compreensível porque era a um jogo, a uma coisa não obrigatória, entretenimento. Eu mesmo via o dia comunitário assim: descanso. Se durante a semana eu trabalhava integral, tinha aulas à noite, fazia trabalhos e estudava durante a madrugada, chegando a dormir três, quatro horas por dia, os domingos comunitários eram carregados de tranquilidade, dias para descansar a mente como o sono repousa o corpo. Nesse primeiro domingo comunitário depois das manifestações, encontrei Lucan, caçando também seus pokémon. Ele não sabia da existência da LPTI e ficou maravilhado. Conversou com a Vó e os outros membros do grupo por um bom tempo, embora no futuro fosse preferir não se aproximar muito deles — a LPTI era um grupinho meio fechado e os idosos deixavam sua homofobia transparecer — mas eu e ele acabamos nos aproximando. Nesse dia mesmo descobrimos que os dois iriam ao cinema no shopping próximo ver o Homem de Aço, filme que hoje parece ter séculos de idade. Nos encontramos no shopping eu, ele, Raul e Bruce, e assistimos. Ao longo do filme, ele fazia anotações à luz pouca da tela do cinema, e depois descobri que tinha um canal no YouTube. Perguntou o que achamos disso ou daquilo, disse que adorou o filme e depois fez milhões de críticas, como fazia com quase toda obra do tipo.

Achei super emocionante, mas a structural editing é uma merda. Agora a momentary editing parece quase copiada do Lost, apesar do estilo diferente de...

E falava assim, como se todos os termos, em inglês ainda, fossem familiares a todos. Acho que era um jeito de demonstrar conhecimento e sinalizar que assistir a filmes de super-herói não significava que não tinha capacidade crítica. Depois desse dia, sempre que algum lançamento do tipo surgia, combinávamos o cinema, às vezes contando com a companhia de Bruce ou Raul. Lucan saía do cinema com várias anotações, pequeníssima cada uma para atrapalhar pouco o filme, e conversávamos sobre as ideias que tinha para o canal, onde, pura generosidade, chegou a me creditar como roteirista assistente às vezes, como agradecimento pelas conversas. Não sei se minha opinião valia muita coisa, eu que assistia tudo como passatempo, sem tantas profundidades — mas para ele, ter com quem conversar sem se sentir julgado bastava. Com o tempo, ele me ensinou a perceber um pouco melhor o menos óbvio. Não estava equipado para discutir qualquer tema mais profundo, mas comecei a perceber alguma coisa mais densa nas histórias, a pensar em roteiro, personagens, encontrar sentidos e perceber que o que eu via na superfície, se observado nas frestas, revelava a visão de mundo que dava sentido ao todo. No início, o público dele era pouco receptivo: quem busca "Batman" no youtube raramente está procurando um vídeo de meia hora sobre fascismo. Além disso, ele tinha que lidar com incontáveis respostas e comentários ofensivos e homofóbicos, o que a natureza política do canal parecia atrair ainda mais. Claro, a abordagem também tinha suas vantagens: quem procura "Batman" e quer ouvir alguém falando de fascismo não tinha tantas opções, e pessoas interessadas descobriram a proposta, a audiência se filtrou, e mesmo que todo vídeo ainda recebesse seus comentários de ódio, esses aos poucos foram afogados e denunciados pelos próprios fãs do conteúdo no canal, que se não eram tantos, eram muito ativos. Quem assistiu à live que ele fez em dezembro de 2018 (LycanPlays no twitch) me viu numa aparição breve, completamente sem graça e sem palavras na câmera (olho), que sempre me deixa torto. Me convidou para contar a história da LPTI, que tinha comentado por acaso em outro dia e os seguidores pensaram ser invenção. Alguns meses depois ele faria um vídeo comparando o Pokémon Go com as intervenções de grupos teatrais no mundo, um vídeo inspirado não só na LPTI, mas também num filme que vimos no início de 2019, e cujo impacto na minha vida ainda não terminei de descobrir. Era domingo, dia comunitário. Deixei Vó Bia catando seus bichos e segui com Lucan para o Cine Passeio, um cinema de rua recém-inaugurado numa esquina próxima ao Passeio Público. Ali, era mais ocasional o filme de herói; era casa de filme cult, coisa mais artística e obras brasileiras que, mesmo gostando, ele não costumava mostrar no canal por não atrair público. Quando o domingo do dia comunitário não coincidia com nenhuma estreia que esperávamos, assistíamos a alguma coisa lá. Nesse dia, assistimos a Ponto Zero, filme experimental de um cineasta brasileiro — e foi como se eu visse um pedaço da minha vida acontecendo. Não era maravilhoso e não me lembro do enredo, que não era o foco, mas era um filme visualmente raro. Uma câmera-na-mão mostrava imagens da perspectiva de alguém sentado na cadeira de um teatro, enquanto uma peça solo se desenrolava no palco à frente, feita por um ator que reconheci de algum lugar e, de início, imaginei já ter visto em outro filme. Às vezes um espectador se levantava e a câmera se movia, tentando se desviar dele e observar o palco ao fundo; às vezes alguém tossia ou um celular tocava e se ouvia um pedido de desculpas baixo e envergonhado; determinado momento, um casal sentado ao lado da câmera começou a conversar, no que pareceu ser uma discussão em baixo volume, acusações sendo trocadas, e a câmera de repente se inclinou, perdeu o foco na peça à frente e tentou ouvir o que o casal discutia — o próprio som do cinema começando a sair mais das caixas à esquerda e ressaltando as vozes sussurradas e intensas do casal acima das vozes do homem que atuava sobre o palco. Com essas interrupções, era como se não existisse uma única história, mas várias, tão fragmentadas que só se entrevia parte de cada uma, e me pareceu que essa era a mensagem do filme — a dificuldade de encontrar sentido no mundo em meio a tantas vozes. Me pareceu uma mensagem um tanto falha, até porque eu tive a impressão de que a câmera nunca fez tanto esforço, nunca dedicou a atenção que podia àquelas vozes, e que se tentasse, se escolhesse agir assim, poderia apreender melhor uma história ou outra. Eu mesmo, admito, me distraí. A câmera, até então ouvindo atenta o casal ao lado, voltou sua atenção para o palco num movimento brusco quando o ator gritou de repente uma risada enorme, estrondosa, e incrivelmente familiar. Só então o reconheci: era um dos vendedores de emoção que fora até a loja num sábado alguns anos antes, o FUNCIONÁRIO de LINDOMAR. Surpreso, observei com mais cuidado, mas não tinha como duvidar: era o mesmo homem, duplicado agora na tela à minha frente. Consegui encontrá-lo nos créditos, seu nome assinalado abaixo das iniciais do diretor J.O.I. como "Ator Principal": Bressane Daniel. Eu e Lucan saímos do cinema e nos sentamos no café que há próximo à entrada do lugar.

Espera só um minuto, preciso conferir uma coisa.

E pesquisei o nome no celular. Não era conhecido. Tinha uma página na Wikipédia que, imagino, ele mesmo criou. Listava Ponto

Zero como único filme e a maioria de seus trabalhos era não-listada e produzida pelo grupo Cobras e Fumaça. Uma nota explicativa: não havia registro da maioria dos espetáculos porque o grupo se dedicava, especialmente a "intervenções na realidade", a colocar no cotidiano "o imprevisível, o lúdico, o mágico." Finalmente eu entendia o que era o vendedor de emoções. Aquele momento que tinha marcado tanto minha memória era uma peça de teatro. Se entendi muito pouco do filme, a peça ganhou cada vez mais sentido para mim desde que Bressane entrara na loja. Mais e mais eu me lembrava dos vendedores de emoção e me enxergava neles, crescia a impressão de que era esse meu trabalho: vender minhas emoções. Eu era pago, como os atores sugeriram à gerente naquele dia, para sorrir, fingir alegria, esconder em casa e no banheiro o tédio a decepção a raiva qualquer sentimento negativo que tivesse, e com eles guardados aplaudir qualquer comentário idiota da gerente, rir das piadas que ela ou qualquer cliente contassem, vestir uma expressão atenciosa quando ela ou outro funcionário me contavam obviedades importantíssimas. Os vendedores de qualquer das lojas da Rua XV também vendiam sua emoção. Qualquer pessoa que trabalhava sob um chefe recebia pagamento por sua concordância silenciosa, por fingir que tudo está bem à frente dos superiores. Saber disso não mudava nada, na prática, mas agora eu sabia que queriam meu fingimento naquele trabalho, mesmo que nunca admitissem isso — e sabendo era muito mais difícil fingir, como se de repente eu visse neles uma plateia que me intimidava e dificultava minha atuação. Minha pesquisa pelo nome de Bressane mostrou também que, em pouco mais de um mês, uma peça dirigida por ele se apresentaria no Festival de Teatro de Curitiba. Nesse dia mesmo comprei um ingresso online, enquanto explicava o acontecido para Lucan, que achou espetacular a história e comprou o seu também, ali mesmo. Mês seguinte, entramos acompanhados de Babi e Raul no teatro minúsculo onde aconteceu *Primavera,* a peça de Bressane. Não sei se graças ao horário ou por ser desconhecida, a peça contou com bem pouca gente, menos de 15 espectadores que, tão espalhados pelo teatro, pareciam menos. Acho que um ou dois foram embora antes de acabar. O enredo contava das manifestações de 2013 — mas não convencia. Eram muitos acontecimentos e lugares diferentes, superpostos de um jeito que ao menos eu e Babi não conseguimos entender. Até Lucan, que de hábito caçava significados profundos em tudo e nunca dizia quando não entendia alguma coisa, achou o texto um tanto confuso — mas ao menos conhecia melhor que nós a história das manifestações que servia de base ao enredo, e lhe parecia mais legível a sequência de acontecimentos. Fim da peça, sendo tão poucos os presentes no teatro, foi fácil conversar com Bressane. Quando chegamos, ele conversava com os outros atores com expressão séria.

Uns anos atrás você visitou a loja em que eu trabalho com um amigo, não sei se lembra. Fizeram os vendedores de emoção...
O rosto dele se abriu conforme lembrava. Começou a rir.

Que coisa maravilhosa, meu amigo!
Ri também, contagiado. Lucan interveio:

Vem beber com a gente. Tem um jazz aqui perto.
E vieram. Babi preferiu ir embora, dizendo que provavelmente ficaria de fora dos assuntos, e no dia seguinte acordava cedo. *E você também* — mas eu não perderia essa noite por nada. Atravessamos a Santos Andrade e entramos no Expresso, café que conheci nesse dia graças a Lucan e que se transformava em bar a partir de certo horário, ficando aberto pela noite. Era uma casa bonita, antiga, algumas mudas/horta crescendo em sacos de lona pretos nas balaustradas externas, cafés e jazz vindo de algum lugar fundo na casa, onde nos sentamos. Conforme nos aproximávamos, Bressane aumentava a voz para se fazer ouvir, palavras intercaladas por goles e palmas e gritos de encorajamento à banda. Raul e Lucan conversavam com os *crew members*, como ele chamava os atores, enquanto eu contava a Bressane do filme que tinha visto, de como descobri seu nome, seu grupo. Ele ria.

Não sou mais parte do Cobra, infelizmente. Eles estão por aí, mas eu e a Betina saímos.
E indicou com um gesto que Betina era a ruiva que tinha acabado de se sentar a seu lado. A cada frase gesticulava, a mão levando lá e cá a lata que me oferecia a intervalos, a voz rouca e de entonação dramática, como se a todo momento estivesse num palco.

Naquela época as coisas ainda não estavam tão ruins, ou eu não enxergava bem — mas me sentia mais livre. Era como se qualquer tema, qualquer coisa fosse possível. Fazíamos aquele teatro invisível estranho, que o cobra continua fazendo — e tem que continuar, é a alma do grupo —, mas hoje em dia trabalhos tipo o Ponto Zero são exceção. Esses temas começaram a me parecer...

Ele fez uma pausa dramática, bebendo mais um pouco de sua cerveja.

A me parecer vazios. Como se o mundo pedisse mais, ou pedisse outra coisa.

Porque antes não era vazio, né.

Bressane riu.

Não, Betina, não vem, você sabe. Eu amo aquelas peças, aquelas brincadeiras, a metalinguagem, os exageros, o desrespeito... é lindo. E vocês dois sabem que eu não consigo fazer bem essas peças políticas. Vocês e as cinco pessoas que assistiram hoje.

Mesmo que seja, Dani. Aos poucos você melhora. Questão de experiência.

Veremos... Mas e você, meu amigo, Treino, né? O que achou? Gostou da peça?

Então...

Ele levou a mão ao peito e se inclinou à frente com o outro braço estendido.

Quando a pessoa começa com "então" um pedaço do meu coração falece.

Continuei a falar em meio a risos.

É que não sei se sou qualificado pra dizer qualquer coisa.

Perfeito: meu público-alvo. E se você falar mal, escolho acreditar que um connoisseur pensaria diferente. Pode falar.

Olha. Eu achei a peça um pouco confusa.

Pode ser porque não entendo bem do assunto, mas tive a impressão de que foram tantas reuniões e manifestações em tantos lugares, tão pouco tempo em cada uma, as mesmas personagens em todos os lugares, acabei me perdendo um pouco...

Enquanto eu falava, Bressane não me tirava os olhos. O olhar intenso, cujo branco se destacava entre pupila e pele profundamente pretas, não chegava a incomodar, e não parecia ser mais que simples atenção; tentava, talvez, demonstrar respeito pelo que eu dizia, ou deixar que a crítica tomasse mais espaço que alguma reação defensiva que o instinto quisesse provocar.

Mas gostei bastante dos diálogos, o jeito com que eles mudaram de tom aos poucos...

Conseguiu notar que algumas personagens foram substituídas e outras não?

Na minha expressão ele percebeu a resposta.

Ah. Sabia. Sutil demais. Bom saber.

E continuamos. Acompanhamos o show até o fim. Tinha a impressão de estar sempre vendo alguma banda de jazz em Curitiba, mas o nome de nenhuma me ficou, mesmo tendo boas memórias delas. Às vezes parávamos para ouvir com mais cuidado, mas na maior parte do tempo conversamos, um copo constantemente na mão. Betina foi embora cedo com outra atriz, Lucan e Raul seguiram pouco depois. Eu, Bressane e o Til, que é como me apresentaram o outro membro do grupo, fechamos o bar e andamos até a porta da minha casa, ali perto. Pediram um uber de lá. No caminho e enquanto esperamos, o Til fez um baseado e fumamos, seguindo pela avenida. Bressane parecia um tanto ressabiado, medo dos carros de polícia que andavam por ali, mas vez ou outra participava. Principalmente falava, ao longo desse curto caminho.

Meu maior sonho era ter esse luxo.

Imagina, Treino, esquecer tudo isso! Deixar de lado política, foda-se: fazer uma peça que fosse só diversão, prazer, em que eu pudesse brincar com a linguagem do jeito que quisesse, foda-se, foda-se, que o limite fosse minha imaginação, minha capacidade de criação. E se ninguém entender, foda-se.

Queria poder deixar tudo isso de lado sem culpa nenhuma. E eu nem devia sentir culpa, de qualquer jeito. Se eu fosse conhecido, assistido por multidões, era diferente — nem sei por que me sinto tão responsável se ninguém me vê. ♪*Me da miedo la enormidad, donde nadie oye mi voz*♫. E se ouvissem, quem seria? O público dos teatros, que em grande parte já concorda comigo de qualquer maneira? Não mudaria nada. Mas eu não consigo. No fundo eu faço isso pra mim.

Preciso me confortar, saber que eu tentei, mesmo que no fim dê em nada. E quem sabe se algo de mim vai ressoar em alguém?

A essa altura estávamos em frente à minha casa, sentados na calçada do outro lado da rua.

Me falta perfeccionismo. Surgiu a oportunidade de trazer a peça, inaugurar aqui, e eu trouxe. Apressado demais. Devia ter negado.

Balançava a cabeça, aqueles gestos e fala sempre teatrais, emocionados.

Mas o que fazer. Tarde pra chorar. Fiz o que fiz. E mais vale o feito que o perfeito.

Quando o uber apontou, lento e cuidadoso, Bressane lhe fez sinal agitando no ar um iPhone de última geração.

Ajuda a decidirem parar.

Tanto ele quanto o Til me abraçaram antes de entrar no carro.

Vou entrar em contato, amigo. Vou te ajudar a estudar. A gente se fala.

E foi embora. Tinha me dito que, mesmo formado em educa, era possível, sim, entrar num mestrado e estudar teatro — mas disse que não era necessário, que não é assim que se conhece teatro. Eu, tão atrasado, que conhecia tão pouco, não via muito jeito de entrar nesse mundo, mas ele era otimista.

Aqui não é lugar ruim pra começar; não é São Paulo, mas tem bastante peça, bastante aula se você quiser atuar—

Não, atuar não quero, penso mais em conhecer, estudar.

Ele riu.

Ôxe resposta rápida! Mas calma, talvez você mude de ideia. Nunca se sabe. De qualquer modo, se começa é como espectador. Vai assistido o que der, lendo... só tente não ver no youtube, que a magia some. Se quiser visitar São Paulo, fala comigo e te recebo lá. Te levo nuns espetáculos bons.

Falei que sim, que se conseguisse gostaria muito de visitar, e talvez, na cabeça bêbada, influenciada pelo baseado e por imaginações otimistas, me parecesse mesmo possível — ao menos até que entrei em casa. Atravessar aquele umbral já era sentir no corpo a aura de desaprovação da Tia, que acordou em mim a consciência de que era sexta-feira, de que em poucas horas eu acordaria e tomaria o rumo da loja. Respondi à mensagem de Lucan dizendo que sim, chegara em casa bem. Vi o desejo de boa noite que Babi tinha deixado horas antes e respondi, além de contar num áudio os acontecimentos da noite. Quando me aproximava do quarto, Tia B. saía do banheiro e disse *Pronto, pode tomar seu banho.* Se ela estivesse dormindo, não faria isso por medo de acordá-la, mas sendo assim tomei meu banho com prazer enorme. Acordei duas horas depois e atravessei a manhã de trabalho movido a café, pensando no final de semana que teria com Babi. Com ela, o descanso mental e físico parecia se multiplicar. Sábado, saíamos com Rodrigo e Maitê, caminhando à noite pelas ruas dos bares e escolhendo onde entrar o que ouvir e o que beber conforme o vento, a vontade momentânea. Domingo, depois do almoço em Tia B., ficávamos em casa e relaxávamos, ou seguíamos para churrasco na casa de Carol e Ricardo. Na maioria dos sábados e domingos, Bruce e/ou Lucan e Raul estavam presentes, e não raro eram eles quem nos convidavam para algum evento. No fim do ano, os domingos em casa aumentavam em frequência — eu mais cansado por trabalhar mais horas; nós dois precisando estudar —, mas independente do cansaço, todos os domingos eu acordava ao lado dela com uma ereção enorme, que tentava esconder até perceber se era bem-vinda. Com o tempo, percebendo que nunca conseguia de fato disfarçar, perguntei.

Desde que você não crie expectativa e não ache que vou ter tesão sempre que você tiver, não me incomoda.

E isso me tranquilizou. Mesmo quando não sentia tesão, às vezes ela deslizava sua mão de leve pelo meu corpo, e descia, e acariciava com toques leves meu pau, que parecia prestes a explodir e que ela pegava, me masturbando pelo simples prazer de ver minha expressão enquanto gozava, sua mão se movendo com velocidade cada vez maior até que eu não conseguisse me conter e jorrasse sobre a mão dela, sobre meu próprio corpo, ou sobre um lenço umedecido, quando conseguia ter consciência suficiente para pegar. Eu, que também adorava ver no rosto dela o gozo, às vezes a masturbava, mas infelizmente não tinha como ver sua expressão no momento de seus maiores orgasmos, já que na maioria desses meu rosto estava entre suas pernas e seu corpo se contorcia intensa e erraticamente.

Ao longo desses anos, ainda que passasse por altos e baixos, nossa vida sexual sempre me pareceu a melhor possível — e o mesmo vale para os outros aspectos da vida com ela. Quando tínhamos tempo nosso, era delicioso tomar café da manhã com calma, assistir a algum filme, série, ou até às lives do Casimiro que ela aprendeu a gostar comigo. Nos sentávamos na sala de seu pequeno apartamento, nus, se era calor, ou abraçados sob uma coberta, se era frio, eu com minha mania de dar mordidas brincalhonas pelo seu corpo, ela me pedindo que segurasse ou massageasse seus pés sempre que, sem querer, tocava em um deles. Segunda-feira, recarregados como possível, voltávamos à rotina: ela, na fase final de medicina; eu, trabalhando o dia na loja, além de, nessa época, ter começado à noite o estágio que Bruce me arranjara. Ele já estava formado há mais de ano quando comecei, e mesmo antes disso fora instrutor de muay thai na mesma academia por vários anos, e o dono confiava integralmente em sua escolha dos profissionais que trabalhariam ali. A academia não era tão grande, mas copiava das maiores franquias alguns traços: a fileira de esteiras enorme à frente de uma parede de vidro, a hiperiluminação, a decoração com luzes de neon em certos lugares que se via da rua, os espelhos inescapáveis e as várias televisões espalhadas com closed caption ativo, porque não se podia ouvi-las graças ao volume da música pop-eletrônica constante. Bruce me explicou os processos de trabalho, me apresentou ao chefe, e até consegui vender um sorrisinho, apesar do cansaço que era vir direto do trabalho na loja. Benício, dono da academia, era um homem de quase sessenta, mas seu físico era melhor que o de qualquer um que eu conhecia, salvo o próprio Bruce. Seu sorriso tinha um branco que parecia tão natural quanto a pele bronzeada artificialmente e os cabelos pretíssimos. Me encarregou de atender aos clientes noturnos, depositando em mim as mesmas responsabilidades que tinha qualquer outro instrutor da academia.

Irmão, se o Bruce recomenda, coloco a mão no fogo. Puta profissional, esse aqui, já é quase da família.

E dizendo isso, passou a mão ao redor dos ombros do Bruce e, sem nunca parar de sorrir, apertou seu bíceps. Bruce deu um sorriso sem dentes e levantou as sobrancelhas.

Vou te tratar como qualquer outro funcionário, irmão, você vai adorar trabalhar aqui. Vai ser uma experiência maravilhosa. Parte de mim queria perguntar por que, então, eu não receberia pagamento equivalente ao dos outros funcionários, mas me segurei — precisava do estágio e conhecia a resposta que ele não diria. Ao se despedir, ele apertou minha mão, pôs sua outra mão no meu ombro, e me olhou nos olhos de um jeito que me deixou desconfortável, sem nunca diminuir aquele sorriso que começava a me incomodar.

A gente se vê.

Bruce me tranquilizou depois: Benício, ao que parece, gostava de dar a impressão aos novos funcionários de que estaria presente, mas só aparecia para se exercitar durante as manhãs. Sendo assim, na maior parte da noite, ficávamos só os dois. Eu chegava às 18, enquanto Bruce dava uma aula de muay thai. Por uma hora, eu trabalhava ao lado de Jota, outro instrutor, com quem acabava não conversando muito — nesse horário a academia era bem cheia, e nosso contato se resumia a uma ou outra palavra, na maioria dos casos relacionada ao trabalho ou a comentários que ele fazia sobre alguma bunda. Às 19, Jota se despedia, Bruce concluía sua aula de muay thai e passava a trabalhar comigo, atendendo a quem estivesse treinando nesse horário. A partir das 20, o movimento diminuía, e colocávamos a conversa em dia enquanto atendíamos aos poucos clientes. Se eu sempre tinha achado Bruce um ótimo profissional, agora que trabalhava ali me impressionava ainda mais, especialmente por saber que ele chegara a trabalhar com um dos braços engessado por alguns dias, o que, conhecendo melhor a rotina, parecia nada menos que *Minha Mãe é professora de inglês, irmão, é por isso que sou fluente desde pequeno. Foi ela quem me ensinou sobre Malcolm X. Ela sabia que eu gostava do Ali e que eles foram amigos, e aproveitou pra me convencer a ler uns textos, selecionou e adaptou algumas coisas, tudo sempre em inglês. Eu já tinha lido a biografia do Ali, e ela me deu de natal a autobiografia do Malcolm. Aquilo mexeu comigo. Só me senti um pouco traído porque ela não me contou que existia um filme até eu terminar de ler.*

Mas ela tinha razão, se tivesse contado eu provavelmente não teria lido. Não fosse ela, talvez não tivesse lido nada nessa vida. E não fosse ela, não tinha ido nessa manifestação. Não falo reclamando. Abriu ainda mais meus olhos.

Quando Bruce contou essa história, o braço ainda imobilizado pelo gesso, me chamou a atenção a diferença no jeito como contava. Ele, que de hábito falava tão rápido, parava, custava encontrar algumas palavras, como se não conseguisse expressar a memória.

Naquele dia, irmão, eu senti no ar. Senti... hostilidade. Hostilidade, que eu até espero da polícia, mas nesse dia me pegou de surpresa, porque ali só tinha um bando de professor, quase tudo branco, quase nenhum pobre de verdade, e mesmo assim aquela hostilidade pairando. Eu e a Mãe ficamos preocupados. Muita gente duvidou que teria pancada, mas a gente não. Só não imaginamos que seria com aquela força.

Uma coisa que eu nunca vou entender: por que a polícia, naquele dia, em tantas outras manifestações, ataca em vez de defender? O Richa não queria que professor entrasse porque eles iam votar leis pra foder professor, e o Francischini resolveu que, em vez de defender o lugar, queria era espancar os professores, mandar uma mensagem de sangue e de bala. Ele sabe que, no fim das contas, o policial diz que só obedeceu e o mandante fala que não foi ele quem fez. Fodam-se os ferimentos, foda-se se alguém morrer, ninguém é culpado, ninguém tem remorso e quando finge, finge mal. O mandante do crime nunca vai preso, nem o executor.

Tu acreditaria, Treino, que quem faz uma porra daquela tem remorso? Eles não queriam reclamação, então mandaram a polícia, que se organizou e vestiu equipamento e arma e saiu pra espancar professor. Como pode, uma coisa dessas?

Eu seria feliz se conseguisse acreditar que eles sentem remorso, irmão. Mas depois de ver as pancadas, cachorro e borracha e fumaça contra aquele bando de gente inofensiva e desesperada...

Bruce caiu em silêncio. Levou a mão ao gesso que envolvia seu braço como se ele contivesse alguma resposta.

Era assustador. Um exército contra uns desarmados. Gente de cadeira de rodas com dificuldade em impulsionar a cadeira porque a mão precisava esconder o rosto do lacrimogêneo. Professoras idosas, 70, 80 anos, o rosto manchado das lágrimas que o gás fazia, que depois se sentaram quase que em transe no meio fio. Gente com, 4, 8 tiros de borracha sangrando pelo corpo e outros vários hematomas. Gente que tomou mais de um tiro no rosto e não enxergava nada, não sei se voltou a ver depois. A polícia jogou spray de pimenta em jato. O povo gritava, não conseguia respirar, tossia o tempo todo, aquele gás, o spray — que covardia irmão, como são covardes. O negócio durou horas, e é um puta milagre que nenhuma senhorinha morreu. E, tu acredita?, um monte de professor continuou tentando entrar na assembleia pra protestar, minha Mãe junto, e eu falava com ela pra ir embora, nós dois custando a respirar, ela não conseguia nem responder mas continuava andando em frente, voltando quando trombava com polícia e depois indo de novo, tentando uma passagem no meio dos escudos e dos tiros. Levou 7 balas, mas nenhuma no rosto, graças a Deus. Depois de um tempo chegou na nossa mão (do céu, só pode), uma máscara de gás, e a gente conseguiu respirar, conversar, mas isso deu mais vontade pra ela — aí é que queria mesmo avançar. Só recuou quando eu tomei esse tiro perto do olho, que me tirou o equilíbrio e o rumo, me fez cair de mal jeito no meio-fio e quebrar o braço. A dor, irmão, o sangue que não me deixava abrir o olho, cobrindo tudo. Achei que tinha ficado cego desse olho. Só aí minha Mãe desistiu, pra cuidar do meu olho e do meu braço.

Ele deu um sorriso.

Ela disse que era pra eu melhorar logo, que queria me colocar num ringue com o Beto Richa. Depois até sonhei com isso, o rosto dele todo ensanguentado. Foi bom impossível. Com os acontecimentos daquela época, Bruce passou a ver com ainda mais admiração o respeito entre lutadores dentro de um ringue e a enxergar honra nas competições, mas dizia que se o adversário era político, a luta era sem luva. Ele ainda sentia, ainda sente raiva dos responsáveis pelos ferimentos dele, de sua mãe, de tanta gente mais que conheciam. Nessa época, apesar dos ferimentos, ele não tirou folga nenhuma além da absolutamente essencial, e mesmo assim por exigência da mãe, que quase morou com ele por alguns dias. Voltou à academia antes de tirar o braço do gesso, e por algum tempo instruiu os alunos sem poder dar tantos exemplos, contando com a ajuda dos colegas e clientes mais antigos *hoje em dia, irmão, é só tu ficar um tempinho longe que colocam outro no teu lugar — nunca acredite em patrão que tenta pagar de família.* Quando entrei ali, é claro, esses acontecimentos eram antigos, e seu único sinal visível era a pequena marca na pele próxima ao olho de Bruce, cuja responsabilidade, o cuidado impecável com o trabalho e com os alunos eram agora embasados pelo curso que concluíra com notas altíssimas e pelo mestrado que já começara na federal, onde passou como um dos primeiros. Nessa primeira experiência como instrutor, eu saía da loja, comia algo apressado e chegava em cima da hora na academia; saindo dali, ainda trabalharia durante a madrugada em meu TCC. Mas mesmo que não sentisse nada perto do tesão que Bruce sentia pela área, mesmo que fosse carregado por nada mais que inércia e pela vontade de me livrar daquela loja, o interesse, a amizade e a animação dele me ajudaram a seguir. Atravessei esse tempo sem tanta consciência, e não sei se a exaustão corroeu parte de minhas memórias ou se foi mais uma época perdida na repetição das ações e pontuada pelos sonhos que eu começava a elaborar. Eu e Bressane conversávamos online sobre teatro, sobre as peças que ele fazia, mas o tempo cada vez menor me impedia de ler e dificultava muito as visitas aos teatros da cidade. Eu pensava em fazer mestrado sobre teatro algum dia, o que me parecia um jeito interessante de conhecer a área; Bressane insistia sempre que o mestrado sem mais experiências com o teatro em si não valia nada, mas de qualquer modo, era plano para um futuro distante: o tempo e o dinheiro eram poucos, e essa ideia era um luxo que eu precisava adiar. Me formaria em educa, sairia do emprego na loja para trabalhar na área, e assim que conseguisse me mudar para minha própria casa — alugada, talvez financiada —, teria algum tempo livre, em que estudaria por um, dois, três anos, até passar no mestrado da universidade pública. Nesse meio tempo assistiria a tanto teatro quanto pudesse. Com as contas do mestrado público conseguiria lidar: moraria perto, me alimentaria no RU, baixaria os livros que não achasse na biblioteca e leria no celular mesmo ou no computador; além disso, como estudante, um desconto ou outro teria. Esperava isso dos anos que vinham. Quanto ao teatro e o estudo, contava com a ajuda de Bressane, cujas recomendações online eu pedia desculpas por não seguir agora, mas pretendia acompanhar melhor assim que concluísse a universidade. Quanto a todo o resto, planejava o futuro com ajuda de Babi. Ela, que sabia lidar com dinheiro tão melhor que eu, me ajudava a planejar uma saída da casa da Tia, a definir o salário de que precisaria, o tempo que teria livre considerando o trabalho na academia, e até a utilidade das minhas economias que, mesmo morando de favor e trabalhando há anos, pareciam tão poucas. Na época, isso me fez sentir um misto de vergonha e culpa, e indignação com o preço ridículo que pagavam por meu tempo, meu trabalho e minhas emoções — mas era difícil dar pernas a essa indignação com todo aquele cansaço. Quando Babi, às voltas com a conclusão do próprio curso, disse que pensaria, que me ajudaria a lidar quando se formasse e tivesse mais tempo, percebi que só faltava um mês: era novembro. Me formei com dois anos e meio de atraso, ultrapassando em um semestre o que consta no regulamento da universidade — mas o colegiado do curso permitiu em reunião; sabiam que qualquer um com trabalho integral tinha dificuldade extra em passar pelo curso. Babi se formou no mesmo ano que eu — se atrasou um semestre só, e ainda assim graças a dificuldades da transferência. Ela não fez residência no hospital da universidade porque, se quisesse trabalhar ali no futuro, dependeria de concurso. Escolheu a dedo um outro, particular, que aceitava residentes da UF, e parecia um bom lugar para se trabalhar depois. Quando entrou no último semestre da residência, conversou com a diretoria do hospital e descobriu que sua vaga estava garantida, o que me contou com entusiasmo e orgulho no olhar. Eu só sabia me assustar com aquilo. Nessa época, eu estagiava na academia, e é certo que trabalharia lá depois — mas não me sentia de modo algum realizado. Hoje consigo colocar melhor em palavras o que naquele tempo era só sensação sem nome, oco no estômago. Bruce sabia exatamente o que queria, assim como Babi, que decidira qual residência faria antes mesmo de sair do colegial, enquanto eu seguia uma carreira que não me interessava, que era só um meio para um fim, um fim que além de tudo era medíocre. Tudo isso sempre esteve a meu redor, mas só agora esse incômodo começava a crescer, *Tem um livro do Goethe, bem famoso, em que um idoso maluco é levado até um padre que era conhecido por curar melancolia, loucura, tudo que é tipo de problema mental.*

Que jeito de falar da minha Avó, hein.

Ele riu.

Não, caro, desculpa, não quis dizer isso. A questão é o método que o padre usa. Sabe o que ele faz?

?

Ele coloca eles pra trabalhar. Eles têm que encher o tempo. Ensinar música (o personagem sabe tocar harpa), trabalhar na horta, etc. Segundo ele, esse é o método pra curar a melancolia, e pra pessoas saudáveis não enlouquecerem.

E o pokémon seria tipo a horta digital da minha Avó.

Isso. A gleba hoje em dia não gosta de horta. Prefere comprar alface, não ter trabalho e se sentar na bunda um pouco mais.

Não que trabalhar no mínimo oito horas por dia deixe lá muito tempo livre.

Claro, tem razão. Mas trabalhar na horta tem um elemento nobre, não? Comida pra mesa, trabalho na terra, parece que existe um respeito, que você vê o resultado do seu trabalho ali, de um jeito mais... contundente. O trabalho do dia a dia parece mais vazio.

Quem vê, pensa que você trabalha pra caralho.

Ele riu.

Mas é mentira?

Não existe muita opção, eu acho. Oito horas por dia é tempo demais, uma horta muito maior do que precisa ser. Mesmo a coisa mais recompensadora do mundo, se for feita todos os dias, por oito horas, vai cansar. O tédio ou o cansaço fodem a sua cabeça.

Mas existe um outro lado, mesmo.

?

Encher o tempo com essas coisas deve ser bem melhor. Sentir que a coisa está avançando. Que... que o resultado aparece na mesa, como você falou — mas nem sempre é igual. Às vezes dá ruim, a planta sai menor ou maior ou dá bicho ou demora a crescer, ou sei lá.

Mnh.

E o trabalho não é o mesmo diariamente, se você fizer só pra você. Planta diferente exige cuidado diferente, depois de plantar o trabalho diminui...

Não é o mesmo tédio.

Não deve ser. Na loja, às vezes, acho que vou ficar doido. E o mais triste é saber que você trabalha e trabalha para ficar no mesmo lugar, que se fizer tudo direitinho, sua recompensa vai ser continuar ganhando um salário baixo pro resto da vida, em vez de nenhum.

Puta objetivo de vida.

Você acha que o método desse padre funcionaria?

De jeito nenhum. Talvez em 1800, ou em caso bem específico.

Mas falando em objetivo de vida, caro, vou buscar mais uma. Vai?
Aceito.

Maravilha. Voltando talvez porque nessa época eu começava a querer seguir o caminho do teatro e a me sentir frustrado. Pela primeira vez, eu sentia que tinha interesse genuíno por alguma coisa, mas era um interesse afogado por trabalho e universidade, mesmo que minha dedicação a essas coisas fosse muito mais superficial que a dedicação da Vó aos pokémon. Acho que também me incomodou um final de semana que passamos em casa de Carol e Ricardo, já em dezembro, nos poucos dias de férias daquele ano — a única vez em que Rodrigo me acompanhou até lá. Me convidara para uma cerveja nesse mesmo sábado, e quando contei que não poderia graças a esse compromisso, fui surpreendido pela resposta que me deu.

Posso ir?
Confirmei com Carol antes de responder.

Pode. Maitê não acha ruim?

Nós terminamos, caro. Ela terminou comigo.
Maitê, ao que parece, tinha decidido abandonar a cidade. Montaria uma comuna na fazenda do irmão de Raul, onde viveria com alguns amigos, e não seria possível manter a relação. Contei a Carol do término sem entrar em detalhes, e poucas horas depois, Rodrigo entrava no carro de Babi comigo e Bruce. Tinha o ar de quem tenta com força não parecer mal, a barba um tanto grande e desgrenhada, e uma camiseta que, a Mãe diria, parecia ter saído de uma garrafa — mas não demorou para que a conversa nos distraísse desse mal-estar. Rodrigo sabia bem quem era Ricardo — sendo namorado de Maitê, não devia ter ouvido elogios — mas fiz questão de relembrar, contando que o retângulo escuro que marcava o para-choque da caminhonete de Ricardo era sinal do adesivo do Bolsonaro que já esteve ali, e provavelmente foi Carol quem arrancou. Contei também do churrasco que Ricardo tinha feito para comemorar os resultados da eleição de 2018.

Ele te convidou?

Convidou.

Rodrigo deu um sorrisinho amargo. *Treino, o Rodrigo tá aqui. Ele bateu o carro.*

Ele tá bem?

Acho que sim, quebrou uma perna e alguns ferimentos leves, mas se você puder vir, vai ser melhor.

Conversei com Lina, que me deu a manhã do sábado livre em troca de eu repor as horas no dezembro próximo. Rodrigo saiu de casa na noite do primeiro turno, e depois de encher o rabo de cachaça transou no banheiro com um desconhecido e voltou pra casa dirigindo sem camisa e chapado. Furou sinal, desviou por centímetro de um carro que cruzava e explodiu num poste. Foi salvo pelo cinto, a custo de ter arrancada a pele do peito num traço a tiracolo. Preso pelo airbag, a porta amassada e tonto feito gambá, não conseguiu sair do carro, de onde foi retirado pelos paramédicos. Não achou seu telefone, mas reconheceu o nome do hospital e pediu para falar com Babi, que foi quem me avisou. Ao longo do sábado, enquanto Ricardo e Carol aproveitavam seu churrasco, Rodrigo passava por mais exames, mas mesmo que estivesse amargo e cansado, parecia tranquilo. Felizmente, não encontraram nada mais grave que a perna quebrada, embora tenham pedido que ele ficasse ali naquela noite, em observação. De manhã, pedi um uber, e o acompanhei até sua casa, onde encontrou seu iphone esquecido no braço do sofá. O carro, por outro lado, perda total — e ainda que não fosse, sua carteira foi suspensa pelo feito, e sua perna engessada impediria de dirigir por algum tempo. Gabo, o gato que ele e Maitê adotaram da rua num impulso, tinha comida e água, sinal de que ela passara por ali — mas depois de uma visita rápida no hospital, ela desapareceu por alguns dias. Estava irritada, mas quando o segundo turno se aproximou, quis estar perto, por medo de que outra coisa acontecesse. Rodrigo percebeu nossa preocupação, e não sei até que ponto fez diferença, mas quando bati à porta encontrei um Rodrigo tranquilo, que nem mesmo acompanhava a apuração dos votos.

Entra, caro. Imaginei que você viria. Não se preocupe. A esperança foi morta e enterrada no mesmo dia que o carro.

Deu o sorrisinho possível. Maitê acompanhava a apuração pelo telefone e conversava em mensagens de texto e áudio, a voz subindo daquele jeito firme, característico dela, a mão apertando com força o telefone que os dedos espancavam. Vestia uma camiseta de Rodrigo e mais nada, e o movimento de seus seios era claramente perceptível a cada um de seus gestos bruscos. Senti que começava uma das ereções inconvenientes que me vinham até mesmo em momentos assim, tão inconvenientes, mas ela, querendo falar e ouvir seus áudios à vontade, entrou a passos duros no quarto — mesmo assim a ereção veio, como tantas vezes acontecia quando Maitê estava na casa dele, e permaneceu pelos primeiros minutos da minha conversa com Rodrigo. Ele, se viu, ignorou. Me trouxe uma cerveja e se sentou na cadeira ao lado da sacada, lugar de costume para sugar seus cigarros.

É a vantagem de perder as esperanças cedo, caro: só sobra aquela melancolia social de sempre, e quando a merda acontece, o susto não vem. Já bebi o que a tragédia pedia no primeiro turno. Hoje basta um vinhozinho e um baseado. No máximo um raiozinho de coca.

Não sei se incomodava Maitê o desacordo que às vezes se via entre a fala de Rodrigo e seu comportamento. Sentado ali como se indiferente, falando coisa como essa, não se imaginaria a reação explosiva de antes. Quem ouvisse suas palavras e seu tom talvez enxergasse nele falsidade; para mim, era quase mais triste que a autodestruição de antes. A entrada da casa estava aberta, e várias mesas e cadeiras de plástico tinham sido acrescentadas à enorme mesa de sempre, mostrando que Ricardo esperava um churrasco maior que de costume nesse sábado. Não vou dizer que não entramos ali com alguma tensão, pensando nos resultados que as visitas de Maitê costumavam ter, mas Rodrigo, ao menos em expressão e gestos, não parecia preocupado, mesmo que tenha ficado um pouco sem graça quando o Ricardo abriu a porta, nos recebendo com a voz carregada do grave artificial de sempre.

Então tu é o famoso Rodrigo!

E o Rodrigo, que ele já conhecia, apertou sua mão com cuidado. Ricardo começou a falar imediatamente do setup que tinha montado, mostrando o projetor que exibiria a live, falando do amigo que tentaria outra vez o speedrun de um jogo chamado Dandara, e contando os feitos que esse amigo já conseguira.

Viu, é difícil manter esse tipo de recorde. Quanto mais tempo passa, mais tu melhora, mas mais gente tenta, mais gente aprende, aprimora.

Você tenta?

Nada! Não tenho habilidade nem paciência. Zerar um jogo sem essas firulas já leva tempo, imagina speedrun. O PT tá treinando e memorizando e praticando várias horas por dia faz duas semanas.

Caralho.

Pra tu ver. E esse treinamento é só pra essa run, pra aprimorar a execução de uns truques que a comunidade foi descobrindo com o tempo. Ele já vinha jogando por meses e meses. Tu já jogou?

Não, mas ouvi dizer que é bom.

Demais. Sou apaixonado nesse jogo.

Zerou?

Zerei, vale a pena demais. Só é um pouco difícil se acostumar com os controles.

Visualmente me faz pensar em Celeste, conhece?

Nossa, taí um jogo emocionante! Mas é uma dificuldade diferente, sabe?

E os dois saíram andando, o Rodrigo segurando o copo de whisky que durante a conversa Ricardo lhe colocara na mão e bebendo goles casuais. Parecia tranquilo. Entraram rumo à sala de jogos que era o orgulho de Ricardo. Nesse meio tempo, Carol tinha aparecido e cumprimentado discreta, sem interromper a conversa. Só se manifestou depois que os dois saíram, dando de ombros.

Então tá bom.

Aos poucos foram chegando os outros convidados, que o próprio Ricardo apresentou a Rodrigo. Disse que, como ele estava visitando pela primeira vez, queria que ele escolhesse um tabuleiro pra gente jogar enquanto a live não começava. Foi a única ocasião em que Rodrigo não se aguentou: escolheu Twilight Struggle. Eu mesmo tinha lhe contado desse jogo, em que um jogador representava os EUA e outro a União Soviética durante a guerra fria. Ricardo se arregalou, em dúvida se Rodrigo sabia que jogo era aquele. Os dois se entreolharam e começaram a rir. Escolheram outro jogo, porque aquele só aceitava dois jogadores, mas não me lembro qual. Eu não entendia nada, mas tudo, de algum jeito, parecia estar bem. Babi e eu entramos na piscina, seguidos por Carol, Bruce e alguns sem nome. A churrasqueira assava ainda mais tipos de carne que o normal, e às vezes Ricardo deixava um prato à beira piscina. Rodrigo passou mais tempo com ele, acho, que comigo. Mesmo que os dois estivessem se esforçando para não soltar comentário sobre política, acho que nem eles esperavam que fossem se dar tão bem. Babi estava impressionada, e Carol, ainda mais.

Fosse a Maitê já tinham entrado no tapa.

E era verdade. Maitê guardava certo orgulho amargo por não ser mais convidada àquela casa, e eu entendi que mesmo Rodrigo se permitia aquilo como única exceção. *Não foi ruim, caro. Foi exaustivo.* Os amigos de Ricardo chegaram aos poucos, e os primeiros participaram do jogo na mesa enorme de madeira, enquanto quem chegou mais tarde ficou nas mesas plásticas, em alguns casos buscando outro tabuleiro que pudessem jogar. Por volta das 15, Ricardo ligou o projetor, abaixou o volume da música só o suficiente, e pôs no telão o canal na twitch do PT — que tinha ganhado esse apelido porque, num dos churrascos que tinham acontecido ali, começou a xingar o Bolsonaro com todas as forças e, no fim do dia, bebedeira tanta, teve que ser carregado de volta para casa. Rodrigo deu um sorrisinho quando contaram a história, e acho que saber disso o ajudou a torcer genuinamente para que o PT conseguisse seu recorde. Há pouco tempo, Ricardo tentara emplacar um canal na Twitch, mas na primeira semana já desrespeitou a agenda que tinha pago alguém para estilizar, e acabou deixando o canal virar um passatempo ocasional, coisa pra fazer quando queria jogar algo enquanto conversava com os amigos disponíveis. *Irmão, esse seu cunhado é maluco. Entrou em contato comigo com toda seriedade, disse que tava virando coach de emagrecimento. Queria que eu divulgasse pros alunos da academia, passasse o contato dele, disse que me dava uma porcentagem. Quando apareceu uma que aceitou pagar os 3 mil que ele queria de mensalidade, ele me passou R$ 300,00 pela indicação. O que ele oferecia, pelo que entendi, era ficar em cima, ligar cedo pra dar motivação e encorajar a fazer exercício, mandar mensagem lembrando da dieta, meio que monitorar a vida da mulher. Ele fez tudo certinho por uma semana, e sumiu. Ela reclamou e ele devolveu o dinheiro sem falar mais nada. Nunca me cobrou de volta os 300. Acho que tinha vergonha.* Ricardo sempre dizia querer sair da asa do pai, trabalhar fora da empresa dele e criar sua própria, mas as tentativas que fazia eram sempre assim, pela metade, abandonadas no primeiro dia de preguiça. Ele continuava sustentado pelo pai, continuava fazendo em casa alguns serviços de TI e administração que o pai queria que fizesse, mas levava tudo aquilo muito menos a sério do que PT levava a speedrun que, finalmente, começou a tentar na live. O objetivo era zerar o jogo em menos de

26m 12s 54ms, recorde atual. A velocidade era tanta que Babi, eu e Bruce não entendíamos sequer a mecânica do jogo. Por alguns minutos fiquei quase hipnotizado pela coreografia digital do jogador imóvel, concentrado, uma câmera mostrando cada reação sua no canto da tela — mesmo que na maior parte do tempo não houvesse nenhuma. Já tinha feito o trajeto tantas vezes que, se perdia tempo demais em alguma seção do jogo, sabia que não conseguiria concluir rápido o suficiente para quebrar o recorde, e reiniciava na hora. Às vezes aproveitava a oportunidade para ir ao banheiro, beber energético, ou fechar os olhos em segundos de meditação. Depois dos primeiros minutos, passada essa curiosidade inicial, aos poucos, nos distraímos. A speedrun continuava na tela, e a maioria das pessoas ficava por perto, mas aos poucos voltaram a jogar o tabuleiro, comer, conversar, com o ocasional *Olha lá!* de alguém quando o PT parecia perto de conseguir. Babi, eu e Bruce entrávamos e saíamos da piscina, jogávamos algum jogo ou conversa fora, mas mesmo com nosso interesse pela metade, depois de algumas horas um outro *Olha lá* aconteceu, e dessa vez se prolongou. O silêncio cresceu na mesa, e os rostos se voltaram para o telão — o PT, finalmente, estava perto. Eu continuava não entendendo bem como o jogo funcionava, mas conseguia ver a tensão no rosto dele, que parecia ter se tornado mais rijo, sua pele imóvel. Houve um momento em que, os dedos no controle ainda se movendo, PT começou a xingar, irritado. Uma animação entre dois trechos do jogo tinha levado uma fração de segundo a mais que deveria, algo que podia arruinar a run, mas ele continuou, os xingamentos saindo sem alvo específico, murros num travesseiro. Alguém comentou que, apesar daquilo, o tempo dele estava ótimo — e era. O fim foi se aproximando. Em boa parte da transmissão ele conversara, respondera perguntas de quem assistia na twitch e que eram automaticamente lidas em voz alta quando alguém colaborava com o canal — mas isso nos primeiros níveis, mais fáceis, em que as mãos funcionavam automáticas e quase pareciam não precisar da ajuda dos olhos. Agora, nos últimos minutos, não. Ele caiu num silêncio completo. O telão mostrava os olhos bem abertos, os lábios pressionados, a postura endurecida em tensão, as mãos juntas à sua frente no controle e uma expressão que lembrava cada vez mais uma oração fervorosa. E ele conseguiu. O recorde, agora, era 26m 09s, quase três segundos a menos que o anterior. Nos últimos segundos, talvez sem perceber, ele tinha se levantado, e assim que terminou e olhou para o relógio que marcava o tempo gasto, PT se deixou cair sentado na cadeira. Levou uma mão ao rosto e começou a chorar. A outra mão derrubou o controle, veio também ao rosto, e o choro se tornou cada vez mais forte, o corpo inteiro tremendo visivelmente em soluços. Consciente outra vez de que estava ao vivo, girou a cadeira e deu as costas à câmera, mas ainda assim era fácil perceber que ele chorava mais, apoiado no próprio corpo que tremia. Acho que chorou por quase cinco minutos. Disse alguma coisa inaudível, saiu da tela, e voltou pouco depois, o rosto seco mas ainda marcado e os olhos vermelhos. Nenhum comentário negativo apareceu sobre o choro. Ele agradeceu pelas doações dos espectadores que não conseguira comentar durante a run e a voz se embargou outra vez por alguns segundos. Do rosto de Ricardo, que tinha feito a doação mais generosa daquela noite e assistia de pé, também rolaram algumas lágrimas. Pouco depois, nos despedimos dele, da Carol, e dos sem-nome. Bruce entrou no carro balançando a cabeça.

Que coisa surreal.

E a gente concordava, sem muito o que acrescentar. Era a sensação. A experiência parecia fazer um sentido parcial, feito um filme que você não consegue explicar com lógica, mas que ressoa de alguma forma — até que, depois de alguns segundos, ele começou a rir. A risada subiu, cresceu, e em pouco tempo ele ria alto, escandalosamente, e eu sentia que aquela risada não era às custas da cena, mas de alguma outra coisa que existia entre a cena e a gente. Rodrigo começou a rir mais contido, mas eu, levado pelo ritmo de Bruce, comecei a rir também, a gargalhar, e Babi e Rodrigo foram rindo mais e mais, até o ponto em que ela precisou encostar o carro e ficamos todos rindo, rindo, rindo, até ficarmos com as mãos molhadas de lágrimas. Hoje, me volta menos o riso que a afirmação de Bruce: surreal. Mesmo na época, no dia seguinte, conforme eu e Babi arrumávamos nossas malas, continuava pensando naquilo, sem saber se era eu quem não tinha vontade e interesse suficiente no que queria, se o

PT era maluco, ou as duas coisas. No dia seguinte, entrei em contato com Rodrigo, perguntei se não queria mesmo ir até Lagoa conosco, e ouvi que não, como imaginava. Babi e Eu fomos no carro dela; Vó Bia e Tia B., que tinha conseguido férias um pouco maiores esse ano, já estavam lá há alguns dias. Ao longo das 11 horas no carro, das paradas para comer e para que Babi pudesse alongar as pernas, tivemos tempo para conversar melhor sobre tudo que acontecera naqueles dias — a speedrun, a formatura que se aproximava, mas, especialmente, falamos sobre o término de Maitê e Rodrigo, que tinha me pego de surpresa, mas, quanto mais eu pensava a respeito, mais me parecia fazer sentido.

Eu não acho que o problema foi a mudança da Maitê pra essa comuna. Acho que isso foi só a gota d'água. Se não fosse isso, ela teria terminado por outro motivo.

Por quê?

Ela riu, antes de continuar.

As discussões eu sei que não eram problema; já ouvi eles chamando de "conversa enfática", acho até que gostavam. *Às vezes eu penso que a gente tinha mesmo era que se armar viu, se preparar pra morrer na bala, que essa é a única revolução forte o suficiente.*

Você fica violenta quando bebe, né meu bem.

Vai se foder Rodrigo.

Ah, é difícil falar com certeza. Eles concordavam em muita coisa, mas na hora de agir eram diferentes demais. A Maitê participava de todo tipo de ação, manifestação, etc., mas o Rodrigo compartilhava a posição política dela do sofá. *Sou extremamente otimista, cara — acredito que um dia todas as desigualdades menos uma serão eliminadas, e os pobres terão o privilégio de serem oprimidos por um grupo de pessoas de todos os gêneros, orientações sexuais e cores.*

Entendi. Ele não fazia parte das manifestações.

Acho que depois de 2013, ele só foi em um ato contra o golpe e no Ele Não.

Você foi?

Só no Ele Não. Fora isso, apoiei da cama. Trabalhando o dia inteiro e indo pra faculdade depois, não tinha ânimo nenhum, e mesmo quando acontecia no fim de semana, eu costumava estar acabado. O Rodrigo quase nunca aparecia nem dava desculpa, e a Maitê preferia não entrar em conversa desgastante. *Rodrigo, em primeiro lugar, tu sabe bem que quando o capitalismo ainda era um rudimento a inquisição já tava cansada de queimar mulheres e gays, tudo pra senhores feudais fdp manterem e ganharem poder, então não vem dizer que o problema identitário é secundário, como se a seleção de grupos como inferiores não fosse estratégia capitalista pra mitigar a tendência de redução das taxas de lucro, pra criar inimigos, um "outro" pra enganar a opinião pública. Eu concordo que a política identitária não dá a atenção que devia ao lado econômico, mas quem discute economia também vive fingindo que controle reprodutivo e rebaixamento de identidades específicas não são ferramentas importantes dos donos do capital.* Ela vivia tentando provocar atos em todas as ocasiões que sentia que mereciam — o assassinato de Marielle e Anderson, os genocídios de Mariana e Brumadinho, os atos contra Bolsonaro — e ele via a multidão passando da sacada, fumando e bebendo vinho.

Engraçado que ele me falava dos eventos, tentava me convencer de que eu devia ir a ponto de eu ficar com vergonha por deixar o cansaço me segurar em casa — enquanto ele, que não fazia nada o dia todo, ficava em casa também.

E você acha que isso seria motivo de término?, porque sempre me pareceu que os dois eram assim, que ela era mais viva que ele, que ela estava conformada com esse lado do Rodrigo. *Mas talvez o capitalismo consiga se adaptar, engolir os movimentos todos. Talvez não enquanto fascismo, talvez não globalmente, mas numa continuação do que existe hoje: um neoliberalismo que escraviza gente em países à margem enquanto nos países ricos as pessoas fingem que existe igualdade, democracia, porque têm a ilusão de que talvez consigam "chegar lá", de que tudo está bem, sem nem saber o que está acontecendo, sem se importar. Hoje mesmo o feminismo vive esquecendo que a mulher da favela não consegue colher os frutos da luta feminista porque a falta de dinheiro faz com que ela tenha muito menos opções e não tenha para onde correr, muita gente que estuda o feminismo é das classes mais altas, defendem a individualidade e ideais neoliberais de capacidade pessoal, algumas mulheres nascem em famílias que já detém parte dos meios de produção e nunca aceitariam a conciliação com grupos comunistas. Duvido que algum dia essas mulheres vão se importar se a reprodução das pobres for controlada — elas não se importaram no passado nem se importam agora, assim como ninguém se importa em comprar roupas feitas com trabalho infantil porque as crianças que estão fabricando essas roupas são de Bangladesh. A pobreza invisibiliza bem mais que o gênero.*

É, nisso você tem razão, só vi discutirem sobre isso uma vez, bem tontos e bem no início do namoro — mas às vezes eles paravam alguma discussão no meio, sem nunca concordar, acho que o derrotismo dele deixava a Maitê exasperada, ela preferia não dar murro em ponta de faca. Talvez isso tenha ganhado peso com o tempo, tenha se acumulado... Não sei. *A primeira divisão de classe da história foi a divisão sexual do trabalho, Rodrigo, e o neoliberalismo depende da fragmentação dos trabalhadores pra ter a força que tem. E tu sabe que tá falando do feminismo liberal especificamente, que vertentes de esquerda do feminismo entendem que não se pode separar nem a luta de gênero nem a de raça nem a LGBTQIA+ nem a contra o capacitismo nem qualquer outra luta identitária da tomada dos meios de produção, porque a tentativa de fragmentar esses grupos é justamente o que alimenta o poder de quem detém o Capital. E vendo a expressão dele, com um pouco de estranho no olhar: Tu não pode ser derrotista assim. Não pode esquecer que o realismo capitalista não é um realismo no sentido comum da palavra.*

Eu lembro. Mas é uma sensação. E às vezes ela me pega.

E era isso que eu sabia dizer, quase me sentindo mal por estar tão bem, por estar viajando ao lado da mulher que amava enquanto Rodrigo ficava para trás, sozinho. Também era desconfortável falar da força com que Maitê costumava se posicionar politicamente. Até hoje sei que Marielle e Anderson morreram num dia 14 porque desde então, todos os meses, nesse mesmo dia, Maitê publica no twitter e compartilha no insta a mensagem “Quem matou Marielle e Anderson?”, com a única diferença que, hoje em dia, a mensagem foi alterada para “Quem *mandou matar* Marielle e Anderson?”. Ela parece tomar alguma forma de atitude, gravar vídeos curtos a fazer manifestação nas ruas, sempre que qualquer coisa acontece. No fim, é um trabalho não remunerado, fazendo dela outra pessoa que segue tão firmemente rumo a seus objetivos que me faz sentir ainda pior que a Vó ou o PT fazem, porque além de tudo seus objetivos são nobres. Felizmente, ainda que isso me incomodasse, naquela viagem com Babi nossa conversa tomou outros rumos, e consegui não voltar à velha sensação de ser um péssimo realizador de mim.

Passamos a véspera de Natal juntos, na casa da Mãe, acompanhados da minha família, dos pais dela e dos pais de Rodrigo. Ao longo da noite, vindos de suas próprias ceias, chegaram alguns amigos de tio Cássio, alguns deles vestidos de CBF, todos membros do grupo de zap pró-Bolsonaro em que tio Cássio tinha me colocado sem perguntar. Eu mantinha esse grupo silenciado e o ignorava desde então, e por isso só fui descobrir nessa noite que também estavam nele os pais de Babi. A Mãe contou que, desde a eleição, tio Cássio tinha se habituado a passar em Lagoa alguns feriados e a fazer churrasco na garagem com os membros do grupo. Jogavam truco, comentavam rindo da última vez em que Bolsonaro tinha insultado alguma repórter, e falavam coisas que faziam Ricardo parecer moderado. Era visível que o pai e a mãe de Babi se sentiam em casa, e fomos surpreendidos pela chegada de Venâncio e seu pai, membros óbvios daquele grupo. Os Venâncios, tanto o mais novo quanto o pai de Rodrigo, pareceram aliviados em saber que Rodrigo ficara em Curitiba, embora o pai tenha falado que isso não devia ser, porque Rodrigo nunca visitava, e a Marta ficava preocupada. Marta concordou, enquanto balançava a cabeça; seu gesto parecia dizer que, se começasse a se lamentar, não pararia. O Venâncio mais novo ficou por poucos minutos, só o suficiente para que fosse provocado por uma ou duas pessoas que relembraram a surra que levou de Babi na infância *Também, uma mulher desse tamanho*. A mãe dela pareceu claramente incomodada e Venâncio ainda mais. Eu e Babi não vimos muito além disso: fomos para o quarto cedo. Tivemos algumas conversas inócuas com as famílias durante a manhã seguinte e passeamos pela cidade. Normalmente, graças à distância, só visitávamos Lagoa uma vez por ano — minhas férias do trabalho. Gostávamos de caminhar pela prainha, onde sempre me lembrava de Rodrigo, e andávamos de carro pela cidade. Para nós, que visitávamos tão pouco, a cidadezinha parecia mudar e crescer constantemente, e durante meus sete anos em Curitiba, tinha se transformado. No dia 30, pegamos a estrada de volta. Eu pretendia passar a virada com Rodrigo, mas ele disse que passaria numa boate, que já tinha comprado ingressos — e seguimos para a casa de Ricardo e Carol, onde enchemos a cara e comemos com gosto. Passou pela cabeça viajar, aproveitar as férias tão raras, mas decidimos ficar, passar em Curitiba um janeiro que nos descansasse do ano de trabalho e universidade, um mês em que eu pudesse me recuperar do trabalho na loja, em que pudéssemos ficar juntos, dormir, transar, gastar o tempo como quiséssemos. Até consegui ter algum otimismo — mas era janeiro de 2020.

Uma coincidência: estou a poucos passos de um cemitério que até então não sabia existir. Entro nele correndo, por impulso, instinto, associação de ação com lembrança, e começo a correr entre os túmulos, que variam de sinais discretos no chão a mausoléus enormes, caríssimos, feitos para abrigar sobrenomes. Faço questão de não ler nenhum. Subo a trote irregular o chão desnivelado. Meu olho passa por fotos, anjos de mármore. Alguns dos mausoléus têm cúpulas quebradas, cujo vidro deve estar espalhado sobre os túmulos no interior, quem sabe ao redor da pedra que o quebrou. Um enterro acontece, mas um tanto longe de onde estou — acho que percebo olhares curiosos, não acreditam que há mesmo alguém correndo ali, deve ser outra coisa. Tenho medo de que me abordem, de que me façam parar, e saio do cemitério, retomo a calçada. Recuso desesperado ao cérebro o direito de calcular há quanto tempo estou correndo e me concentro no som intenso ao redor, no ar (agora mais frio?) que atravesso. O volume de carros, talvez pelo horário, cresceu muito, e sua luz incomoda. Ouço buzinas, gritos, o motor das motos que costuram as avenidas, seu som surgindo e sumindo em pouco tempo. Não sei onde estou. É uma avenida enorme, dividida por um canteiro largo de grama um tanto amarelada. Com tanto movimento, sou obrigado a dar duas voltas num quarteirão para não parar no sinal vermelho, e em alguns outros, paro na esquina e volto, ignorando sem esforço os outros pedestres e ziguezagueando até que o sinal fique verde. Não sigo uma direção específica, mas sinto que quero distância de todos — mesmo que só por hoje, mesmo que depois vá querer ainda mais estar com Babi, que vá precisar dela. As dificuldades dela no trabalho ainda não acabaram; até hoje chega o ocasional caso grave de algum idiota não vacinado, de pessoas excessivamente obesas, idosas, diabéticas, hipertensas ou com alguma outra condição graças à qual a vacina não basta, de pessoas com sistema imune fraco que não puderam se vacinar e agora eram infectadas por quem não se imunizou e poderia. Ainda em março, antes do fim da residência, Babi foi contratada pelo hospital, que a essa altura tinha medo da falta de profissionais (e sabia que, assim, conseguiria pagar menos e economizar a longo prazo). Ela passou a receber um salário que era um tanto baixo para o cargo, mas duas vezes maior que o de 90% do país. Significava independência: não precisaria atender aos caprichos da mãe nem suportar a bondade do pai. Isso, claro, teria um custo: o trabalho excessivo, exaustivo que viria. A pandemia avançava, academias eram fechadas, não sabia se continuaria aberta a própria loja onde eu trabalhava — e aos poucos aumentava o medo de que, trabalhando lá, eu pudesse infectar Vó Bia e Tia B. Além de tudo, com Babi trabalhando em hospital e os casos na cidade começando a surgir, em breve não conseguiríamos mais nos ver, justo numa época em que precisaríamos tanto um do outro. Me sentei com ela, queria que me ajudasse a calcular: poderia usar minhas economias e ajudar nas contas da dela. Poderíamos morar juntos. Dependeria da duração da pandemia, dos gastos, mas talvez fosse possível.

Tem certeza?

Pensa bem. Pode ser perigoso. Trabalhando no hospital eu vou ter contato com essa doença o tempo todo. A gente vai ter que se isolar por completo. Vamos ser só nós dois, nem família nem amigos — eles não vão ter nem coragem de se encontrar com a gente. Você quer isso mesmo?

Eu queria. Ela me abraçou.

Eu queria *tanto* te pedir isso, pra vir morar comigo, mas tinha medo de você vir pra me agradar, de te colocar em risco...

Eu pensei numa coisa quando soube que ia ser contratada quando me formasse. Não sei o que você vai pensar, mas minha ideia é a seguinte: esquece essa coisa de emprego; meu salário cobre as despesas. Eu vou ficar cada vez mais acabada trabalhando nessa época, e você cuida da casa, limpa, faz as compras, comida, lava as roupas, etc. Você tinha me falado que estava sem objetivo, que queria trabalhar com teatro e fazer mestrado na área, mas era inviável com a sua rotina... assim você me ajuda e ainda consegue estudar.

E ela disse que tinha certeza. Aceitei. Seria dono de casa e, por agora, manteria minhas economias. Nossos pais, sem dúvida, ficariam sabendo assim que eu saísse da casa da Tia, e decidimos fazer uma viagem breve até Lagoa para conversar com eles com cuidado — e também porque, parecia provável, não poderíamos vê-los por um bom tempo. Todos acharam uma boa ideia morarmos juntos. Acharam triste a falta de cerimônia da mudança, mas a situação de emergência era justificativa suficiente. Não contamos aos pais dela que eu não pagaria nada, mas à minha Mãe, sim.

Filho, você é maior de idade. Você sabe que tem meu apoio, que eu acredito em você.

Mas não se deixe ser dependente não.

A Babi é linda, maravilhosa, eu sei que ela é bem de vida, e isso é importante, mas você precisa ter o seu dinheiro, a sua vida. Tem que conseguir se cuidar. Se você não puder sair quando quiser, vai ser sempre perigoso.

Eu sei, Mãe, mas não é assim. Eu tenho as minhas economias, meu diploma sai daqui a pouco, e no desespero a casa da Tia vai estar lá... consigo me arrumar, se for o caso. De repente até consigo alguns clientes como personal, agora que as academias devem fechar.

Não tinha a menor intenção de fazer isso, mas queria que ela ficasse tranquila.

Faz isso mesmo. Não se arrisca: a gente acostuma tão fácil com coisa boa, é um perigo.

Quando eu casei com seu pai, ele não quis que eu fizesse faculdade. Eu insistia, puxava o assunto, mas na época era difícil contrariar. Era ele quem pagava as contas e eu sentia que não tinha opção, mas fui insistindo, até que ele aceitou — com a condição de que antes eu cuidasse do nosso primeiro filho crescer.

E aquilo foi a vitória que eu consegui, um compromisso dele. Ele morreu pouco depois, no início da gravidez. Fiquei sem qualificação e desempregada, seus avós me culpando pelo acidente, querendo me tomar até a casinha que ele deixou pra nós. Não fosse a ajuda dos seus tios, não sei o que tinha acontecido.
Ela sorriu.

E sabe o engraçado?

Quando engravidei, eu ficava pensando nisso que te falei agora. Eu fiz uma promessa naquele dia: se fosse uma menina, eu falaria isso tudo pra ela quando começasse a crescer.

Seu pai não teria orgulho dessa sua decisão, mas eu tenho, viu?

E me abraçou, chorando. Passamos esse dia juntos. Babi foi para a casa de seus pais, e a Mãe passou a tarde toda me dando dicas de limpeza *Sabia que devia ter te ensinado direito* e principalmente cozinha. Fiz, seguindo as instruções dela, um *arroz com feijão até bonzinho*, com filé de frango e salada, que Babi comeu com a gente quando veio. A Mãe prometeu meio a contragosto não contar aos pais de Babi que de início eu não pagaria, insistiu que eu arrumasse algum emprego o quanto antes, e pediu que Babi cuidasse de mim. Quando voltamos, Babi conversou outra vez comigo, perguntou se eu tinha certeza de que não queria voltar para Tia B., se era isso mesmo que eu queria, e me agradeceu outra vez quando eu disse que sim, embora, na minha cabeça, fosse eu quem devia agradecer. Um mês depois, todas as academias estavam fechadas. A maioria dos lugares estava. Curitiba, que sempre me pareceu ter um quê de tristeza, ficou ainda mais melancólica. Babi passou a viver entre hospital e casa, onde chegava exausta. Decidimos não nos isolar um do outro. Comíamos juntos e dormíamos juntos, até porque não faria diferença a minha mudança se não pudéssemos trocar apoio e carinho. Ela firmou um protocolo: chegava de máscara, higienizava as mãos antes de abrir e fechar a porta, e corria para o banheiro, enquanto eu ficava longe. O apartamento alugado tinha alguns adesivos decorativos nos azulejos do banheiro, incluindo a imagem azul de um cavalo marinho, que não removemos e apelidamos de Anderson: era o primeiro contato que ela tinha ao chegar em casa, sua companhia enquanto ela tomava as medidas que achava necessárias para tirar as roupas, tomar banho, e sair com a maior segurança possível. A preocupação aumentava cada vez mais, e aos poucos eu a ouvia falando mais e mais com Anderson. Ela tentava me poupar, suavizar a gravidade do momento, e desabafava com ele.

Meu bem... pra você saber: pode falar comigo o que precisar. Desabafa, conversa comigo quando quiser. Você tem que passar por isso cara a cara, eu fico aqui em casa, tranquilo. Não sou eu quem mais precisa de apoio.

E na maioria dos casos, depois de falar com Anderson, ela desabafava outra vez, agora comigo, me contando quantos entravam na UTI para não sair, da falta de sacos pretos e caixões, de ver chegando pacientes jovens com comorbidades que eram quase atestado de morte. Vez e outra chorava. Eu não tinha o que dizer, e ela não exigia que eu dissesse alguma coisa: bastava ouvir, não ocupar esse espaço para que ela pudesse falar o que quisesse. De qualquer modo, eu não saberia sugerir nada, não tinha como dar sugestão melhor que as conclusões a que ela mesma sabia chegar. Meu jeito de apoiar era esse silêncio atento, além de lhe deixar uma ou outra surpresa quando fazia a arrumação da casa. Deixava agradinhos comprados em ida ao supermercado num lugar em que ela acharia, aprendia receitas novas, que fazia em datas especiais, mas também em dia e outro aleatório, na tentativa de expulsar a pandemia da cabeça dela mesmo que por poucos minutos. Por alguns meses, as ruas ficaram mesmo vazias. Via carros aqui e ali, mas "sem aglomeração", fora algumas reuniões de sete, oito pessoas dentro de casas e um ou outro grupo maior de idiotas. A maioria das lojas estavam fechadas, exceto as farmácias, algumas das quais, pelo contrário, aumentaram o horário de funcionamento, embora várias delas fechassem suas entradas com balcões ou grades pelas quais dinheiro e produtos passavam. Motoqueiros se amontoavam à porta das grandes farmácias, de pizzarias, restaurantes, aguardando pedidos para entrega, alguns virando a noite. Vestiam máscaras quando pegavam e entregavam os produtos, mas muitos as retiravam quando se sentavam com seus colegas para respirar, ou comiam juntos no tempo que tinham. Não tossiam nem pareciam doentes, mas Babi tinha certeza de que se arrependeriam, ou causariam sem intenção a morte de alguém, o vírus transitando silencioso de boca em boca, *Silent murderer, what's your body count?* espalhado pelo ar. Mesmo assim, não via tantas motos indo e vindo quanto imaginaria. Juro que cheguei a pensar que era possível, que nos comportaríamos bem o suficiente, que com as mortes e a ameaça da doença, uns poucos desrespeitariam a quarentena, mas a maioria tomaria os cuidados necessários. Pensei que, quem sabe, talvez até o governo fizesse a sua parte. *Who's your sponsorship?* Hoje, tão pouco tempo depois, essa ingenuidade parece inacreditável. Mais do que nunca me sentia agradecido pela presença de Babi, que me permitira sair da loja e tornou desnecessário procurar um emprego tão cedo. Às vezes eu caminhava pelo centro deserto ou saía para fazer compras, e passava pela loja fechada. Quando reabriu, vi e acenei para os outros funcionários, que agora trabalhavam de máscara em suas mesas, mas acho que não me reconheceram. A máscara, nesse caso, me parecia até uma sorte: na cidade mais fria, o acessório incomodava menos, e é menos necessário vender o sentimento junto ao produto se parte de seu rosto está coberta. Em casa, eu tinha tarefas suficientes para distrair a cabeça das mortes, e descobri que não desgostava delas, me acostumando a ouvir podcasts enquanto preparava comida, lavava roupa, louça, casa. Passava algum tempo vendo filmes e vídeos no YouTube, acompanhando e comentando como podia nos vídeos e lives de Lucan, que nessa época fazia vídeos mais políticos que nunca, criticando as ações do governo quanto à pandemia, falando dos movimentos antivacina, embora sempre tentasse atrelar algum filme famoso aos acontecimentos para atrair os menos politizados como eu; às vezes conversávamos, mas sempre fui um pouco desligado das comunicações à distância, e tirando uma ou outra ocasião em que fizemos encontros entre amigos online, bebendo cada um em sua casa ou jogando Among Us, não tive tanto contato com eles. Também aproveitava o tempo para dedicar umas boas horas ao estudo, lendo livros encomendados dos sebos da cidade. O único triste nesse sentido era que, depois de anos desinteressado pelo teatro e outros tantos sem tempo de acompanhar, agora eu era impedido pelo vírus de frequentar os vários que havia ali, tão perto, e me reduzia a assistir na televisão de casa os espetáculos que encontrava gravados no youtube, frustração essa que compartilhava com Bressane, com quem também conversava às vezes. Tentava fazer algo de calistenia, além da atividade que era cuidar da casa; não queria deixar que o corpo se desacostumasse ao exercício, hábito que tinha custado tanto a adquirir durante o curso de educa. Às vezes, quando caminhava, me desviava do trajeto rumo ao supermercado ou outra necessidade qualquer, e passava pelo Largo, pela São Francisco, pela Trajano, lugares que gostava de frequentar e que agora ganhavam a importância das coisas ausentes na República Fantasma de Curitiba. Acho que foram esses pequenos passeios e pensamentos que motivaram um sonho estranho que tive. Era uma noite intensamente iluminada pela lua, e eu andava por uma Curitiba invadida por musgo, fuligem, sob um calor que uma chuva flutuante compensava. Subia pelas ruas e bares conhecidos, destruídos, e tive a impressão de que havia alguém nas construções, mas aos poucos percebi que não: era só um tipo persistente de eco. O Laboratório estava deserto, decrépito, mas ao passar em frente eu ouvia o som de forró, de choro, de bossa, vozes sobre as outras, incompreensíveis, como se uma festa invisível acontecesse; em frente ao Purple Reis vazio eu ouvia o jazz, e os músicos excitados puxando palmas uns para os outros antes que a plateia pudesse. Nas esquinas iluminadas por lustres antigos e repletos de teias de aranha, ouvia o psiu de prostitutas invisíveis e a voz etérea de moleques oferecendo verde ou raio. De um segundo andar me chegavam vozes esganiçadas num karaokê. Sentia o cheiro de cigarros e baseados fumados na calçada, e segui até chegar no lugar que, no sonho, era o topo da rua: a fonte em que ficava a estátua do Cavalo Babão, um bloco retangular de pedra atravessado pela imagem distorcida da cabeça de um cavalo, que babava água como o anjo de uma fonte antiga. Até então, nunca entendera ou tentara entender aquela estátua, mas no sonho, era como se eu a sentisse. Sentia a agonia, a dor daquela imagem, e sabia que não tinha sido feita por um escultor: o espírito do cavalo, aprisionado na pedra e desesperado com a própria imobilidade, deformara a pedra ao longo de décadas, até que ficasse visível a alma que se escondia ali dentro. Era natural a loucura de um cavalo impedido de correr. Eu tinha medo e admirava aquele cavalo, que continuava buscando nudez e fuga mesmo preso como estava, e decidi que mostraria a ele meu sentimento, minha empatia. Sei que todo cavalo é selvagem e arisco quando mãos inseguras o tocam, então respirei fundo, reunindo coragem. Tirei minhas roupas, deixei-as na beira da fonte, e entrei. A água, quente como sangue, me encheu de ainda mais ternura por ele, e a atravessei a passos lentos, fazendo ondular o reflexo da lua. Quando toquei a cabeça do cavalo, um arrepio forte, quente e líquido me atravessou, e senti o poder escondido na vibração daquele corpo invisível. Encostei minha cabeça na dele, fechei os olhos, e ouvi, por trás do ruído da água, o som de um trote calmo e poderoso. Quando abri os olhos, estava na minha cama, em casa, sem sono algum, como se já estivesse acordado há horas. Babi já tinha saído. Pensei na estátua, e me lembrei da Vó, de uma conversa que tivemos sobre aquela escultura sentados num café depois de um dia comunitário, esperando o horário em que a Tia viria buscar. A Vó, como sempre, comia pão de queijo, e como sempre, reclamava.

Ê pão de queijo ruim! Não adianta, bom é só o de Minas!

Mas não conseguia ficar sem. Eu pedi um salgado e os dois comemos com café. Esperamos por mais alguns minutos, mas chegou uma mensagem da Tia avisando de um imprevisto, do carro que não queria funcionar. Pedimos um uber, e nos cinco minutos de espera, Vó Bia me contou de seus feitos do dia enquanto treinadora pokémon. Não sei se percebeu meu enfado do assunto, mas quando o carro passou pelo largo, pela ruazinha estreita que passava frente ao Cavalo Babão, ela se esqueceu do jogo por alguns minutos.

Você lembra da minha casa, em Lagoa?

Eu lembrava. Quando a Carol nasceu a Vó se mudou para Curitiba para cuidar dela enquanto a Tia trabalhava, mas o Vô ficou em Lagoa, morando na mesma casa.

Sabe os quadros na sala? Uns cavalos correndo?

São meus. Eu que pintei.

Me pareceu ver principalmente nostalgia na frase, uma ponta de orgulho — e seria justo que fosse; eram lindos os cavalos, até onde eu sabia ver. Os músculos detalhados, a crina revolta no vento conforme corriam.

Achava que eram do Vô.

Nada. Seu avô fazia alguma coisa bonita, sempre foi criativo. Mexia com toda coisa, mas quase tudo saía médio, bonitinhozinho.

Eu fazia só os cavalos. Ele que me ensinou a desenhar. Queria que eu desenhasse gente, falava que eu tinha talento, mas gente eu não queria desenhar. Ele ficava bravo, mas eu não queria. Gostava de desenhar cavalo. Copiava a foto de uma revista que tinha em casa, e depois comecei a desenhar uns que via na praça, e até a tirar da cabeça mesmo, da imaginação, da lembrança.

E fiz tanto que de repente era bom. Melhor que os dele.

E eu parei, acredita? Seu avô tava ficando incomodado porque era bom. E eu parei.

Por quase um minuto ela ficou em silêncio, depois disso, a testa franzida, como se esquecesse de que eu estava lá.

Agora... aquele cavalo lá, na fonte, Deus me livre, que bicho feio. E você vê que a pessoa que fez sabe fazer, mas fez feio daquele jeito. Povo doido.

O Vô sempre falava dos trabalhos próprios, das artes espalhadas pelas paredes e estantes da casa, e como nunca tinha mencionado os cavalos, imaginei que eram dele. Quando pequeno, toda sexta passava a tarde lá com a Mãe, que fazia a limpeza. A casa era pequena, mas o trabalho da limpeza era grande de tanto embondo espalhado pelas superfícies. Sabonetes esculpidos, decorações de vidro moldado em estantes e mesinhas de centro, relógios decorativos sem bateria, taças de cristal e chaleiras de porcelana, expostas e sem uso, pratos também de porcelana com desenhos em sequência, de pé em suportes plásticos, contando uma história que avançava de prato a prato, porta-retratos de todo tipo e formato, na maioria frágeis, copos que o Vô enchera de areia colorida com cuidado, formando desenhos que davam a volta pelo interior, santinhos inúmeros de tamanho variado, quebradiços, alguns danificados, pedaços de gesso à mostra, crucifixos, quadros. Era por isso que a Mãe proibira de levar qualquer amigo. Eu e Rodrigo, um dia, esquecemos a porta aberta, e a bola que chutávamos na garagem entrou, quicando uma, duas vezes, saltando a mesinha de centro cheia de fragilidades, batendo numa quina da parede e rolando inofensiva até a copa, de onde minha Mãe assistia ao milagre com o cú na mão. Depois disso proibiu que eu levasse amigo, e para eu jogar bola ela mesma tinha que me acompanhar até a garagem e fechar a porta. Nisso, sozinho, a Mãe limpando enquanto o Vô trabalhava no bar que tinha, eu começava a me entediar enquanto estava na casa da Vó. Fazia as tarefas da escola, mexia nuns brinquedos antigos que foram da Mãe, mas isso não preenchia todo o tempo, e eu não tinha tanto interesse na televisão que passava a essa hora. Comecei a levar o livro ou outro que Rodrigo insistia em emprestar, e foi nessa época que me surgiu o apego à leitura, eu contando com a coleção vaga-lume para superar o tédio. Uma lembrança boba, mas que me faz sentir bem: houve um dia raro em que Vô Bécha não foi para o boteco. Estava na sala, assistindo TV, enquanto eu lia na cozinha. Não sei o que me deu — entusiasmo, talvez, pelo livro que terminei, e comecei a escrever uma história ali mesmo, coisa boba nos cadernos da escola. Depois de uns minutos, o Vô Bécha entrou. Parou à porta e me olhou por uns segundos.

Treino, quando terminar vem aqui na sala.

Eu, que mal sabia o que estava fazendo, fui atrás dele. Vô Bécha abriu uma das portas da estante de madeira escura que ficava na sala e procurou na bagunça que havia lá por alguns momentos. Finalmente, retirou dali as mãos cheias de uns livrinhos pequenos, de capa dura verde-clara e folhas amareladas, que me entregou.

Presente pra você!

E me deu os livrinhos: um dicionário de sinônimos em três volumes diminutos. Agradeci. Mexi neles um pouco e voltei à cozinha. Folheei mais um pouco, sem entender. Eu sabia o que era um sinônimo, mas não conseguia imaginar porque alguém precisaria de um negócio daqueles. O descaso com que tratei aqueles livrinhos, hoje desaparecidos, torna ainda mais estranho que permaneçam tão completos na minha memória: o tom exato de verde da capa, o cheiro de coisa antiga, mas conservada, a capa verde sem ilustração, levemente texturizada, com a palavra “Sinônimos” no centro e “Combray” embaixo — imagino que seja o nome da editora. A lembrança carrega outras: a boina que o Vô usava, as cortinas semitransparentes para evitar pernilongos que cercavam as camas na casa, o dia em que ele me explicou como fizera um quadro que tinha na sala, pintando e colando na tela sementes de vários tipos e tamanhos, e falou daquele jeito que só quem ama consegue... talvez, se me lembrasse bem de cada detalhe, de cada acontecimento, eu conseguisse me refugiar na lembrança quando precisasse fugir um pouco desse mundo, mas o contrário acontece, me esqueço, e como se não bastasse o presente consegue estragar lembranças e ideias antigas. Talvez, para um Treino mais velho, as lembranças voltem a ser memórias tranquilas, nostálgicas — mas esse tempo não chegou, e depois do sonho com o Cavalo Babão, comecei a correr, a me exercitar cada vez mais, a cansar o corpo para tentar fazer com que a mente se voltasse a meu físico e deixasse de lado todo o resto. Ao acordar do sonho me levantei da cama ouvindo as notificações repetidas do telefone. Acima de todas, como sempre, o grupo bolsonarista de tio Cássio marcava as incontáveis notificações silenciadas e nunca lidas, como se não bastassem as mensagens diretas que ele me enviava, na época, se me lembro bem, passando pano para negociatas de vacina e piadas com gente morrendo por falta de ar. Saí do grupo. Corri pela primeira vez. De início, corria pelas ruas, mesmo. Escolhia lugares mais vazios e horários mais frios, para segurar um pouco o suor que a máscara encorajava. Nessa época, ainda via poucos carros, poucos pedestres e portas fechadas, mas assim que as lojas se abriram, as ruas se encheram outra vez. Babi começou a se preparar mentalmente para o resultado que uma abertura tão rápida do comércio teria, e perguntou se eu precisava mesmo correr. Àquela altura, eu sentia que precisava, mas passei a tomar alguns cuidados extras para tranquilizá-la. Ela me acompanhava a lugares mais desertos da cidade, ruas residenciais distantes e sem tanto movimento, onde eu corria, sempre de máscara. Acabei investindo numa máscara cara, mas resistente e ideal para a prática de esportes, e só interrompi as atividades quando, no início de 2021, pegamos covid. Ela não teve sintomas graves e ficou de licença por alguns dias, mas acabou trabalhando em casa, cuidando de mim. Eu, que me imaginava seguro, fui pisoteado. Ela foi otimista desde o começo, e estava certa; não cheguei a ter sintoma grave nem se cogitou internação, mas a dor e a febre eram insuportáveis, e remédio nenhum me fazia sentir alívio. Babi, nesse meio tempo, insistiu em ser dona de casa. Tinha aprendido com má vontade, na infância, o que a mãe ensinou, e agora que era necessário, precisou me pedir algumas dicas na cozinha — não que fosse mudar muita coisa, nós dois com pouco paladar como estávamos. Se agora consigo correr tanto, naqueles dias qualquer breve caminhada no apartamento parecia cansativa, e além do cansaço físico tive a impressão de que não fazer nada estimulava em mim o Medo. Até então pensara que não teria sintoma nenhum, se pegasse a doença; ali, derrubado, os sintomas que tinha pareciam agouro, ameaça preocupante. Me pareceu que aquele descanso, aquela inação, estimulavam todo tipo de pensamento, tantos deles negativos, Medos disfarçados de lógica; agora, tentando correr, vejo que não: seja deitado ou me desviando de pedestres e carros numa avenida cheia, depois de um ano desses, de uma época dessas, é difícil esvaziar a cabeça. Enquanto corro, as palavras se jogam em mim feito partes minhas que preferiria esconder, e os lugares me movimentam por caminhos imprevisíveis na lembrança. Sou eu quem corre, mas afora os poucos momentos em que consigo me concentrar no corpo e na respiração, é como se o mundo deslizasse sob meus pés, me depositando em momentos diferentes, cada um com uma voz que atravessa o espaço e o tempo e se faz ouvir, grave e gritante a ponto de vibrar as entranhas, incisiva como um vento frio que entra uivando pela fresta dos poros. E o irônico é que a dor mais forte está no depois, na ausência que segue ao grito, no silêncio da impossibilidade e da distância. A explosão passa, e é num sussurro que as coisas acabam. Esse bairro onde corro agora, bairro nobre e distante de Curitiba, cheio de cervejarias, churrascarias, restaurantes enormes que nunca visitei e não sei se um dia vou, é o bairro do Rodrigo. Ele, apesar das opções, pouco frequentava os lugares próximos — à exceção da Floresto, loja de livros e vinhos que de algum jeito existia e ele adorava, frequentemente saindo de lá com ambas as coisas. Quando estava me recuperando da doença, chegou um convite de Rodrigo: queria que eu fosse à sua casa. Fui no início da semana seguinte, primeiro dia depois de minha quarentena; Babi, que tinha saído para seu primeiro dia de volta ao trabalho, ainda não tinha voltado, o que tornava aquele o momento mais seguro possível para visitar alguém. O uber me deixou à porta do prédio onde Rodrigo morava, e caminhei o quarteirão que o separava do Floresto com lentidão e esforço. Uma das duas mesinhas fixas à calçada estava interditada graças à pandemia, e me sentei na outra, coberta de folhas graças ao outono e ao vento que não deixava em paz as árvores acima. Não consumiria nada ali, mas queria pensar. Minhas últimas conversas com Rodrigo tinham me incomodado. Não sabia dizer o quê, mas alguma coisa transparecia entre as palavras, e me parecia que ele falava menos, deixava espaço maior entre os sons. Como não conseguia enxergar nada concreto, imaginei ser paranoia, que estava atribuindo sentidos extras ao pequeno para compensar o que ignorei no passado, mas o convite inesperado me reforçou a impressão de que esse era um dia importante. Comprei um volume com peças da Hilda Hilst que logo seria meu, e pedi aos donos do Floresto que me indicassem de que vinho o Rodrigo gostava. Disseram que ele variava muito, e aceitei uma recomendação qualquer, mesmo achando caro — minhas economias, de qualquer forma, não teriam utilidade imediata. Caminhei o quarteirão que faltava até o prédio e interfonei. Fiz caretas no espelho do elevador para não chegar lá com expressão preocupada, mas não sei se consegui evitar ao vê-lo abrindo a porta. Rodrigo nunca tivera barba maior ou mais descuidada, suas roupas estavam apertadas e o cheiro que ele e o apartamento exalavam era o de um cinzeiro. Lhe dei um abraço e fechamos rápido a porta para que Gabo não fugisse.

Sinceramente, estou quase doando o Gabo, caro... ando meio desmemoriado, esqueço de pedir areia, ração... acho que ele merece mais. Quase deixei com a Maitê, dia desses.

Vocês se viram?

Não. Mas ela me avisou que viria à cidade buscar suprimentos. Me convidou pra morar na tal comuna... parece que tudo vai bem, por lá. Época boa pra morar isolado, de fato.

A gente ainda têm um pouco daquele constrangimento de ex-. Somos orgulhosos demais... mas ela parecia bem.

Ele buscou duas canecas e o saca-rolhas na cozinha, sem comentar nada sobre o livro, o vinho, sobre o fato de que eu tinha levado vinho em vez de cerveja, ou de que a sacola era do Floresto, o lugar de que gostava. O sol que entrava pela porta da sacada estava prestes a se pôr, deixando a sala na penumbra, e fui eu quem acendeu a luz. Vi, num canto da mesa, o cinzeiro, que parecia estar no mesmo lugar de sempre mas agora tinha uma quantidade de bitucas gigantesca, que se avolumava bem acima do próprio cinzeiro e parecia não cair por milagre *ainda há focos de incêndio no pavilhão*. Uma sacola plástica pendurada numa cadeira estava cheia de maços vazios, e vários outros maços estavam largados em cima da mesa, junto a duas caixas de pizza, uma vazia, outra com restos. Rodrigo me estendeu uma caneca branca e pegou para si a caneca lascada que usava sempre.

Vinho bom.

Primeira vez que bebo.

Então, caro, como vão as coisas?

Ele riu.

Não não, quem diz "caro" sou eu, não me venha roubar as idiossincrasias.

Ri também, mas não deixei que se desviasse.

Mas me fala, tudo bem com você, nesses tempos de isolamento? Difícil te achar online.

Ele buscou na caneca as palavras certas.

Tudo bem, caro. Aliás, tudo péssimo. Mas tudo bem, sabe?

Sei, mas não sei.

Ele sorriu.

Exatamente.

O que você anda fazendo?

Nada, *tenho a companhia noturna dos animais e a peste* absolutamente nada. A pandemia não deixa. Não sou desses loucos que sai por aí numa época dessas.

Mas convida pra casa um amigo que mora com uma médica.

Ah, caro, tudo tem limite. Eu não aguentava mais. *Estou muito compenetrada no meu pânico* Se morasse com alguém era diferente, mas sei que só estou colocando em risco a mim mesmo... eu precisava ter contato com alguém.

E você deu sorte, chamou numa época boa. Por algum tempo, pelo menos, devo ficar imune.

Graças!

E ergueu a caneca, bebeu um pouco.

Anda vendo alguém?

Ninguém que preste.

Antes que eu perguntasse mais a respeito, continuou.

Estou muito gordo e fedorento, caro.

Mas não acreditei na risada.

Não tenho coragem de sair nem de chamar faxineira, e com a casa nesse estado, não posso convidar ninguém.

Gesticulou com a caneca na minha direção.

Só alguém que conheço bem.

E que sabe que você sempre foi sujo, de qualquer forma.

Exato.

Mas sério —

O interfone tocou.

A pizza. Vou pegar lá embaixo.

O entregador não sobe?

Não. Desde a pandemia foi proibido.

E desceu, a máscara na mão. Fui ao banheiro nesse tempo. Chão e superfícies visíveis pareciam ter sido limpos minutos antes. Só a lixeira parecia não ser esvaziada há tempos. Rodrigo, me pareceu, vinha pressionando o papel lá dentro para poder colocar mais, pressionando até transformar o que havia numa massa compacta, num bloco de papel sólido. Respirei fundo algumas vezes antes e sair. Ele não estava bem, mas fugia das minhas perguntas, e eu, péssimo nisso, tinha consciência de que não sabia perguntar, abordar o assunto, que não fosse por perguntas que é fácil responder com frases genéricas: "Tudo bem?" Quando saí do banheiro, ele tinha voltado, tirado da mesa da sala os maços e caixas de pizza velhos e colocava ali a pizza nova, em movimentos que pareciam mais lentos que nunca. Comeu cinco das fatias grandes como ingeria tudo: na pressa dos desesperados, virando três copos de coca. Terminou, se sentou na cadeira de sempre, à sacada, e começou a fumar *São os capítulos finais desse mundo, caro. Um outro, bem pior, começa logo* enquanto eu ainda comia à mesa, que na sala pequena ficava bem perto. Como se não bastasse tragar os cigarros com a ânsia de sempre, Rodrigo tomara o hábito de fumar dois, três consecutivos, acendendo o novo na brasa do que terminava, gesticulando fogo no ar em movimentos vagarosos. Vi que a cadeira e o sofá tinham marcas de queimado, marcas de cigarro. Queria perguntar a respeito, mas acho que ele me viu reparando e se antecipou *para não te ouvir selo os ouvidos.*

E a Babi, ficou bem? Alguma sequela?

Nada, bem melhor que eu. Só não recuperou paladar e olfato ainda.

E você?

Nada tão sério. Tomando alguns remédios pra prevenir trombose, fazendo fisioterapia pros pulmões se recuperarem direito, mas seguindo bem. Você não teve, né?

Não.

Não queira. Ainda mais fumando... e tendo engordado desse jeito.

Mas que coisa horrível, caro! Eu já admiti mais cedo que engordei. Você não disse a frase que deveria e ainda critica.

Que frase eu deveria dizer?

"Mas o que é isso, Rodrigo, de modo algum!"

De modo algum!

Quase isso.

E o HIV? Não torna mais perigosa a sua situação, se pegar? Ele deu mais um trago longo, sugando de uma vez grande parte de um cigarro.

Não. *Tudo agora e amanhã explode* É perigoso pra quem não toma o remédio adequadamente, e claro, quem precisa buscar remédio no postinho acaba se arriscando a pegar covid quando vai buscar.

E você não busca?

Hoje em dia não. Estou pedindo entrega da farmácia. Melhor não correr o risco. Mas e os estudos, já temos um especialista em teatro aqui?

Muito longe ainda, muito longe, mas ando avançando, aprendendo com o Lucan, o Bressane...

Lucan é do teatro também?

Não exatamente.

Sei... da próxima vez que vier aqui, vou ter separado alguns livros pra você.

Jogamos conversa fora por algum tempo. Bebemos mais duas garrafas de vinho, rimos, falamos de bobagens, ambos evitando política, assunto que poderia deixá-lo deprimido. No fim da noite ele me parecia bem melhor. Me despedindo dele à porta, vi na estante, ao lado da mesa, os comprimidos em cima de um livro branco enorme, com uma caveira laranja na capa — não fosse o chamativo do livro, talvez não me lembrasse que era o mesmo lugar em que os comprimidos estavam na última vez em que o tinha visitado. Interrompi nosso abraço.

Rodrigo. Me desculpa, mas eu tô preocupado com você. Você sabe que eu te amo. Sozinho desse jeito, nessa época, esses hábitos ruins.

Ele sorriu, um pouco surpreso.

Você diz que fez o curso mal, mas mesmo assim repara nessas coisas, não é, caro?

Mesmo que não tivesse feito.

Eu sei. Você tem razão. Tem mesmo. Acho que te chamei porque precisava ouvir essas coisas *você caminha melancólico e vertical.*

Então chamou a pessoa errada!, eu quis dizer, já que ele sabia tão bem quanto eu da minha dificuldade de me abrir, mas tive consciência, pela primeira vez, de que talvez ele não tivesse opção. Nos anos em Curitiba, Rodrigo não tinha se aproximado de ninguém além de Maitê, ao menos não de alguém que pudesse chamar de amigo, com quem pudesse contar. Perdera o contato já distante com Babi ao longo do tempo, e não tentou recuperar quando ela se mostrou disponível; não se aproximou de ninguém com quem ficou naqueles anos, afora Maitê; não estudou nem trabalhou. Sua relação com o mundo externo era extremamente limitada. Pensei em sugerir que voltasse para Lagoa, mas lá estaria ainda mais distante dos velhos amigos que eu e Babi, e nunca aceitaria morar com os pais novamente. Não acreditava em nada o suficiente para que tivesse uma ambição e tudo lhe parecia inútil ou desnecessário. Quis pegá-lo pela gola, pôr sacola em sua mão e começar a recolher o lixo pela casa, lavar a louça, a geladeira, esvaziar a lixeira do banheiro, abrir todas as janelas e encher o lugar de água, colocar fogo no sofá e jogá-lo pela sacada, qualquer coisa que fosse mudança radical naquela casa, na vida daquele meu irmão que desaparecia aos poucos. Tudo isso passou pela minha cabeça num segundo à porta do apartamento, e acabou se convertendo num outro abraço forte, longo, em que chorei de verdade pela primeira vez na vida, extraindo dele uma promessa em que pouco acreditei. Consegui contato frequente por mensagem por alguns dias, pedindo que ele buscasse ajuda e exigindo resposta, mas em menos de uma semana recebi a mensagem: *Busque o Gabo, caro.* Avisei Babi, corri para o apartamento, mas quando cheguei o corpo já estava frio. Em cima da mesa, uma mochila cheia dos livros sobre teatro que ele tinha separado. Gabo estava sentado ao lado dela e miava como raramente. Passei correndo e ele me seguiu até o quarto, mas não subiu na cama. Era uma overdose. Pelo que entendi, Rodrigo parou de tomar os medicamentos para controlar o HIV, e quando os primeiros sintomas de alguma doença se manifestaram, ele escolheu morrer por overdose em vez de esperar a morte lenta e dolorosa que viria. Avisei a Mãe, que avisou Marta. Babi declarou a morte e chamou a ambulância que removeu o corpo. Na manhã seguinte, Venâncio buscou conosco a chave do apartamento. O velho esforço de ser macho e não mostrar emoção não se aplica à perda de um filho, e o rosto dele, sem máscara, estava cansado e marcado, a camisa amarrotada sob o terno e o rosto muito mais murcho e envelhecido do que eu esperava. Não voltei a vê-lo. Percebi que não conseguiria ir ao velório, e usamos o trabalho excessivo de Babi e a infecção de covid recente como desculpa. Estou na BR, no meio da noite. Ignoro as saídas, a fumaça fedorenta que os camiões jogam, o olhar dos curiosos, os faróis dos carros que vêm, as placas. Meus passos estão firmes, meu tronco ereto, mas não faço esforço, é como se sentisse tudo através de uma distância enevoada. Os lugares mais escuros se mesclam num borrão e o verde do matagal perto da estrada me parece embaçado, a ponto de transformar as plantas numa só. Não sei para onde estou indo e o lugar onde estou é só uma impressão vaga e distorcida. Meu corpo se desvia dos obstáculos sozinho, automático. Começo a ver explosões de cor na imagem cada vez mais escurecida à minha frente, sinto meu corpo caindo, juro sentir o chão me atingindo o crânio, mas sem saber como, me percebo outra vez de pé, numa avenida que não reconheço. Vejo pessoas que parecem estar lá, mas quando tento tocá-las não consigo. A sensação é boa, é o conforto de um presente escuro e invisível, do mundo significando nada, e ouço buzinas e gritos mas me recuso a voltar à realidade. Não, meu corpo não vai me trair, e continuo seguindo, já não me desvio, já não vejo, fecho os olhos Não e meus pés parecem trocados pisando na água que enche a sarjeta da noite Não e ouço pessoas e máquinas rugindo pelo trânsito Não máquinas que eu invejo Não e vejo tudo filtrado e silenciado por camadas e camadas e sinto um golpe na cintura Não e abro os olhos a tempo de ver o rosto de uma criança NÃO e o golpe úmido NÃO impessoal NÃO e o estalo da roda de uma camionete contra o rosto dele aos dez onze anos NÃO! num segundo deformando esmagamento parcial do crânio NÃO!!! a poça de sangue que cresce e cola no chão os cachos que ainda

Sirenes.

Noite. Remédios gotejando de uma bolsa, entrando em minha veia perfurada. Meu corpo lateja, dói como se os músculos tivessem sido arrancados e colocados de volta. Luz parcialmente acesa, várias pessoas em macas ao redor.

O telefone toca: é o legista. Minha Avó está morta. O legista diz que a veia que dá acesso ao coração só pode ser aberta por familiares, e só os mais próximos podem remover o coração. Depois do procedimento decidimos que o coração deve ser assado para evitar o desperdício. Um cachorro passa enquanto comemos. Ele é incompleto, com buracos espalhados pelo corpo. Parte do coração é dada para ele. Conforme come, um pouco de seu corpo incompleto se reconstitui. Todos estão sujos de sangue. Um pouco de cartilagem está pendurada para fora da boca de tio Cássio, que ri.

Pela primeira vez acordo por completo, por mais que alguns flashes ou segundos. O barulho a meu redor é intenso, a luz branca cega, o ar tenta não ter cheiro mas não consegue. Quero me sentar, mas o movimento mínimo que faço na maca antes de tentar dói, e desisto da ideia. Alguns me olham, parecem falar de mim. Uma enfermeira se aproxima. Pergunto da criança que derrubei na frente do carro e ela diz que nada disso aconteceu, alucinação graças à situação do meu corpo. Ela me faz algumas perguntas e aumenta a dose de analgésico e anti-inflamatório quando peço, mas não pode me dar remédio mais forte. Ainda estou cansado o suficiente para dormir, mesmo com a luz, a dor, as pessoas ao redor.

Volto a acordar na manhã seguinte. Me sinto um pouco melhor e a dor já me parece suportável. Babi está ao lado da cama. Esperava um olhar irritado, mas vejo preocupação.

O que você fez, Treino?

Não sei.

Ela leva uma das mãos ao rosto, suspira, a outra mão procura a minha.

Daqui a pouco vamos pra casa.

E de fato, meia hora depois a enfermeira me libera. A caminhada até o carro faz com que o corpo doa ainda mais. Babi me conhece. Me entende. Só diz uma frase a respeito.

Você nunca mais vai fazer isso comigo.

Eu concordo com a cabeça. Chego em casa e me deito com Gabo. No primeiro dia, não faço mais que andar até cozinha e banheiro, e me deitar novamente. Durmo tanto quanto o gato, que me faz companhia e gosta de manter encostado em mim seu corpo quente quando dormimos. No segundo dia a dor já é menor, e consigo me levantar mais vezes; chego a fazer pequenas tarefas domésticas. No dia seguinte, pela primeira vez, me sinto confortável o suficiente para sair de casa numa leve caminhada, que, segundo Babi, me faria bem. Sigo até uma praça próxima. Rodrigo foi enterrado enquanto eu corria. Não fiquei sabendo a distância que cobri — o telefone quebrou quando caí, e mesmo que não tivesse, a bateria já teria acabado. Ainda sinto um resquício de dor e me sento num dos bancos no centro da praça. Parece impossível que eu tenha feito o que fiz. Nuvens pesadas se apoiam nas árvores a meu redor, fazendo parecer mais tarde do que é, revivendo em mim a memória do dia do fogo, em que a fumaça de queimadas distantes escureceu o céu de várias cidades pelo país, em que Rodrigo, bêbado, recitou, pela única vez, um poema seu.

Não, meu não, caro, os meus poemas não prestam. É uma citação. Escuta.

Estes áres
De Amazônia são barrentos e oliosos.
Dão febre, dão morte decerto, dão araras
e antíteses.
Nem as folhas dos seus braços cantam. No
vento
das manhãs eles dão chicotadas enérgicas.
E quebram.
Isso não é ar quc sc respire. Mas os homens
não querem ajudar no meu caminho.
O fogo me encerra e me utiliza na noite,

me cegando na luz que emana
de dinossauros imponentes de luxo e diamante.

Mas ao terminar, ele respirou fundo, e continuou, como se falasse consigo mesmo.

Tá bom, eu recito um meu. Vocês vão esquecer de qualquer jeito.

Eu e Maitê, também chapados, largados no meio fio do Posto do Bonfim, aplaudimos, gritamos.

Não tem nada a ver, mas vai.

Caminho pelas ruas do centro e o cigarro derrete por si
Parte de mim quer ser queimada
Mas não sei se notaria o fogo, distraído
Pelos prédios que lutam pelo espaço aéreo
da cidade, desfraldando bandeiras
Vejo bandeiras do Brasil,
dos Estados Unidos,
do MST
Eu mesmo sou uma delas
Detesto que o vento me use de modo tão pornográfico, mas sinto que não tenho opção
Deixo que seus dedos frios me toquem as pernas, me levantem a saia
Sem saber o quanto disso é escolha minha
E o quanto é a falsa liberdade de Tolstói
A falsa liberdade das batalhas
Que proclama a mediocridade dos meus colhões

Eu aplaudo. Maitê encara Rodrigo de olhos vidrados. Parece mergulhada no que ele diz.

Louvadas sejam as armas
Louvado quem as segura e as enfrenta

Amaldiçoado quem as nega
E abençoadas as vítimas sacrificadas ao Deus de Ferro

Curvem-se diante de seu Deus até que suas testas toquem o chão
Chupem seu cano e recebam-no de quatro em suas bucetas e cus, porque a dor e a morte são necessários à liberdade

Arma:
presença concreta de Deus
proteção transfigurada em extermínio
ditadura a que a democracia se curva
antes de ser permitida

Ele fechou os olhos e bebeu um gole longo da lata que segurava. *The One in Front of the Gun Lives Forever.*

Péssimos, eu sei, mas a vergonha demorou a mostrar o rabo dessa vez.

E riu. De repente, não entendo por que, sou tomado pelo ódio. Sentado na praça, fecho os olhos e me sinto tomado por um ódio abstrato. Entendo seus alvos, mas só saberia explicar sem nuance um deles. Me levanto e volto para casa.

***

Tia B. estaciona à nossa porta às 6 da manhã em ponto. Babi não tem problemas em acordar cedo, mas eu sigo semimorto. Viro o que ainda tenho na xícara, verifico se estão no lugar os pertences e necessários do Gabo, de quem Lucan vai cuidar na nossa ausência, e saímos. Esprememos nossas mochilas num porta-malas repleto de presentes *Como assim, Treino, claro que não pode ser antes!, presente a gente dá é no dia do natal,* e dividimos o banco de trás com Carol, que tem um olhar triste e me dá um abraço apertado. Rodrigo foi enterrado há quase dois meses. Em sete dias será meu aniversário; cinco minutos antes, seria o dele. Não contamos o que fiz no dia do enterro, e já não sinto dor física. Se o olhar de todos me faz lembrar da morte dele, me dá também uma desculpa para conversar o mínimo possível ao longo da viagem — e realmente não consigo me concentrar nas conversas que vêm e vão pelo carro, pontuadas pelos roncos da Vó no banco do passageiro. Da última vez que pegamos essa estrada, eu e Babi conversamos sobre o término de Maitê e Rodrigo; agora, a morte dele preenche os silêncios, ainda que ninguém toque no assunto com palavras. Tia B. leva a matula de sempre, cheia de comida e bebida. Gosta de parar o mínimo possível, e não fazemos mais que ir ao banheiro. Mesmo assim ela chega lá com energia de sobra. A Mãe me abraça e chora no meu ombro. Não nos vemos há dois anos, desde o início da pandemia, e a morte de Rodrigo foi um susto, pela perda dele e pelo medo que de repente sentia por mim. Tio Cássio me aperta a mão e diz que sente muito, apertando os lábios e me dando tapinhas no ombro. Está mais magro, mais velho, mais cansado — consequência do tempo que tem passado nos acampamentos em BH desde a eleição. Ninguém toca no assunto. Entramos e começamos a ajudar a Mãe nos preparativos para a ceia. Eu quase espero me ver criança, carregando da cozinha uma travessa grande e me sentindo orgulhoso, como quem fez um grande feito de força, vigiado sempre pelo cuidado de Carol. O videogame e o computador antigos ainda estão no quarto, ligados à velha televisão de tubo. Ao lado do computador, o walkie-talkie. Parecia tão maior, naquela época. Aperto o botão, mas o aparelho não reage, as baterias mortas há muitos anos. Quando Babi entra, estou sentado na cama, chorando convulsivamente. Ela fecha a porta para que ninguém nos incomode por alguns minutos. Me lembro do dia em que testamos pela primeira vez aquele talkie, do grito que Rodrigo deu do outro lado daquele pântano e que fingi não ter ouvido. Sinto vontade de gritar ali mesmo, tão alto quanto ele gritou naquele dia, mas me contenho. Pego peças de roupa quaisquer e tomo um banho, esfregando bem o rosto para tentar remover a marca das lágrimas. Meia hora depois, já estou sentado à mesa com os outros, comendo os tira-gostos do Natal, bebendo cerveja, ouvindo as mães perguntarem sobre os futuros netos, sobre Ricardo e sobre nossa vida em Curitiba. Preferia estar no quarto, mas a Mãe nunca aceitaria uma coisa dessas. Tio Cássio, estranhamente calado, não trouxe namorada, mas a quantidade de cerveja continua um exagero. Ainda assim, não acho que está tão bêbado quando pergunta.

Aquele seu amigo...

Verdade que tinha aids?

E era veado né? Esse pessoal—

Ele nasceu com aids, respondo rápido, ríspido, querendo encerrar o assunto. Tio Cássio ri.

Aids não é genético moleque, ele—

A mãe dele tinha.

Jamais! Uma mulher elegante daquela. Aquele veado deve ter mentido pra te—

Ele me contou com 12 anos. Eu vi ele tomar os remédios desde pequeno.

Tio Cássio fica calado por alguns segundos.

Caralho. Não é à toa que virou veado.

E de repente surge outra vez o ódio, a mesma raiva surda que tinha me ocupado poucos dias antes, subindo como um ruído que aumenta até se tornar insuportável, e eu berro, esmago na mão o copo frágil e sinto o corte, a dor, o grito da minha mãe, e ignoro tudo isso e me levanto e berro QUEM É VOCÊ SEU FILHO DA PUTA, REPETE ESSA MERDA, REPETE, EU JURO QUE TE MATO SEU DESGRAÇADO e tento alcançar e agarrar o filho da puta por cima da mesa a mão cortada cheia de sangue um pedaço de vidro enfiado na carne EU VOU ENFIAR ESSA MÃO NA SUA CARA NO SEU RABO FILHO DA PUTA SE NÃO CALAR ESSA PORRA DESSA BOCA AGORA e ele se afasta da mesa num medo desesperado e cai no chão, tremendo, fugindo de mim como quem foge do diabo, e eu começo a rir

Epílogo

Cássio não se lembrava da última vez em que tinha pisado num ônibus. O corpo cansado achou relaxante a vibração do veículo, e depois de tanto tempo suportando a umidade e as chuvas numa barraca onde mal conseguia ficar de pé, era bom se abrigar num lugar mais firme e resistente. De pé no corredor, fez o sinal da cruz, e observou de soslaio a bunda de uma mulher que colocava a mala no compartimento superior, mas ela se sentou ao lado do marido.

Nos últimos dias ele tinha se acostumado a ter consigo pouca coisa. Além de telefone e carregador, levava apenas escova de dentes, toalha, e duas mudas de roupa, que pedia a alguma mulher no grupo que levasse na lavanderia próxima toda semana. Muita gente ali tinha passado a depender dos benfeitores que pagavam os ônibus, mandavam comida, banheiros químicos; felizmente esse não era o caso dele, que tinha casa e carro próprios, para onde, em algumas ocasiões, voltava e dormia um sono mais reparador. Na maior parte do tempo ficava ali — tudo era longe demais, e no acampamento, além da companhia de pessoas com pensamento parecido, havia uma ou outra mulher que talvez conseguisse comer. Também gostava de acreditar que, ao ficar ali e fazer o possível para encorajar o movimento, se sacrificava de alguma forma pelos membros do grupo que não tinham onde cair mortos, empregos perdidos, famílias abandonadas. Sentia-se heroico, como se portador de uma missão empreendida pelo bem dos outros.

Da própria família tinha se afastado; mal conversavam hoje em dia. Decidiu passar o Natal com eles em Lagoa da Prata, mas se arrependeu amargamente — o sobrinho, seu preferido, o atacara numa ceia de Natal e começara a rir feito um demônio, levando ao rosto as mãos que pingavam do próprio sangue e saindo dali coberto de vermelho, as roupas marcadas, gotas escuras manchando a mesa e se diluindo na cerveja derramada. O resto da noite, ficaram em cômodos separados. Sem dormir, Cássio pegou a estrada na manhã seguinte e foi direto para o acampamento. Gostava demais daquele menino, mas as más companhias, especialmente aquele amigo veado, talvez até alguma possessão, tinham mudado a personalidade dele, e não parecia ter volta. Dia primeiro, o viu postando foto em Brasília com a mão enfaixada no ar e um boné do MST na cabeça.

Como podia? Pensou em deixar de acompanhar as redes dele, mas mudou de ideia.

À noite, se sentava com os outros no acampamento que, nos últimos dias do ano, chegara a ser deprimente. Quando alguém levantava esperança, todos concordavam, mas muitos, ele imaginava, já duvidavam tanto quanto ele e seguiam adiante por inércia, ou porque já tinham dado tanto de si que era impensável recuar agora, seja qual fosse o resultado. Eram sustentados, em grande parte, uns pelos outros. Durante os dias ficavam à sombra das tendas, alimentados quase sempre por marmitex, conversando sobre os acontecimentos em que acreditavam e sobre aqueles de que duvidavam. Na chuva, visitavam com frequência as barracas uns dos outros, e mesmo que as mulheres tenham aprendido a não convidá-lo, Cássio às vezes fingia errar de barraca, e se encontrasse alguma das mais passivas sozinha, tentava pegar ou pelo menos dar alguma apalpada. No frio, se sentava com o grupo num círculo de cadeiras de praia ao redor de um aquecedor elétrico. O aquecedor, as luzes da tenda e mais alguns confortos eram alimentados por uma longa extensão que buscava energia no interior do quartel. Trocavam confidências, falavam das dificuldades, das famílias.

Será que esse seu sobrinho não era veado também?

Olha, Josué.

Se você não fosse meu parceiro aqui desse acampamento e eu não soubesse que você é uma pessoa de bem, eu levava a mal essa pergunta.

Mesmo quando tentava evitar, a voz de Cássio ecoava por todo o acampamento. Josué mostrou as palmas das mãos.

Quê isso, Cássio, jamais, sem ofender. É que eu não conheço o menino, e o jeito que você falou a história, a reação dele...

Pensar nesse assunto exigia que Cássio lidasse com emoções que não sabia aceitar. Queria que Treino fosse seu filho. Pensava em si mesmo como o único exemplo de homem que o garoto tinha, e sentia que tinha falhado com ele de alguma forma, mas não era capaz de colocar isso em palavras. Menos ainda admitiria que, se

Treino fosse mesmo gay, isso não mudaria em nada o que sentia pelo sobrinho. Em algum lugar emocional, distante da linguagem, sabia disso; ainda assim, via na mera sugestão de Josué uma ofensa sem tamanho.

Esse povo da esquerda mexeu com a cabeça dele.

Naquele dia, Josué colocou uma das mãos em seu ombro — Cássio não gostava que homem lhe encostasse, mas esse era o nível de intimidade a que tinham chegado. Josué disse que isso mudaria. A ordem chegaria logo, só mais três dias, tudo ia mudar, haveria revelações, ordens, as tropas se mobilizariam. Já havia algumas semanas de desilusões acumuladas, mas uma pequena parte dele conseguia acreditar. Conforme os dias passavam, a fé diminuía. Muitos já tinham abandonado o acampamento. O próprio Cássio, em cada visita que fazia a sua casa, pensava com mais força que, talvez, devesse ficar lá.

Mas agora, no ônibus que saía rumo a Brasília, voltava a sentir alguma esperança. Vira vários ônibus saindo, muita gente. A barraca tinha ficado para trás; só levou a mochila e o cooler velho de guerra, cheio de cerveja. Levava também um frasco metálico de cachaça, pra não faltar coragem.

As cortinas do ônibus seguiam fechadas, e ninguém via além dos limites estreitos que ele proporcionava. Alguns não conseguiam dormir de ansiedade. Uma mulher do outro lado do corredor orava intensamente, de olhos fechados. Cássio, recostado de lado em seu banco, buscava adivinhar o formato de seus peitos, e observava o modo como eles acompanhavam a vibração do ônibus ou os movimentos mais convulsivos da oração. Não reparou se ela tinha aliança, mas ao lado dela dormia outra mulher, então não fazia diferença. Com os olhos colados aos peitos da mulher e uma mão entre as pernas, dormiu.

***

Quando acordou, a chuva tinha passado, o calor era grande, e havia cantoria no ônibus. A mulher dos peitos estava de pé ao seu lado, estendendo um sanduíche. Reparou com tristeza na aliança, mas como, até então, nenhum homem presente parecia ser dela, aproveitou para encaixar uma leve carícia na mão que lhe entregou o sanduíche. Ofereceu uma cerveja.

Obrigada, eu não bebo.

O que dificultava muito as coisas. O cooler, até então fechado, mantivera a cerveja bem gelada. Cássio bebeu com gosto a primeira e ofereceu aos companheiros.

Companheiro não! Parceiro.

Alguns já estavam bebendo, outros disseram que beberiam mais tarde, Josué e dois colegas do acampamento aceitaram — Felipe, que aos 35 anos era o mais novo do grupo, e Danusa, uma loira que Cássio conseguiu comer uma noite, mas nunca mais deixou que ele chegasse perto, mesmo ele tentando diariamente. Verdade que era meio gorda, mas tinha uma bunda bonita, e ali não se podia escolher muito.

A cantoria, pelo que percebeu, fora estimulada pela JBL de Felipe, que o dono ativara a todo volume para animar o pessoal. Funcionou: muita gente cantava junto o sertanejo que dominava o ônibus. Tocava também alguma música gospel, mas pouca coisa, que a maioria não conhecia muito além daquela do Régis Danesi. Aos poucos, a conversa começou a girar em torno da chegada em Brasília.

Nossa, eu tô nervosa demais.

Calma, meu bem. Cássio deixou a mão cair sobre a coxa de Danusa, que a empurrou para longe de imediato. Vai dar tudo certo.

Será Cássio? Tanto tempo sem acontecer nada, o presidente calado, como é que isso vai dar certo?

Pode confiar Danusinha. Você viu que esse não era o único ônibus saindo de BH, tem muitos de lá e de tudo que é lugar também. E o capitão não falou nada em público, mas a gente tem que entender... eu aposto que ele quer é se assegurar. Se brincar já tá em Brasília mas só vai aparecer na hora H.

Quê isso, Cássio, ele nem tá no Brasil.

Não Danusinha, isso é o que ele quer que todo mundo pense. Lembra que ele é um cara esperto. Ele sabe que tem gente infiltrada nos grupos, então não dá pra espalhar um segredo desses.

Enquanto falava, Cássio contornava o corpo de Danusa com o braço direito, como quem não quer nada. Quando ela, testa franzida, considerava esse último comentário, ele continuou.

E falando em dar certo, Deusinha, por que você não quis mais nada comigo hein? Senta aqui do meu lado.

Ai Cássio, pelo amor de Deus!, você não para nunca né!

E quis voltar para sua cadeira no ônibus, mas foi atingida por um tapa forte na bunda quando se afastou. Cássio riu; achava graça o olhar nervoso que ela devolvia. Quis se sentar ao lado da mulher dos peitos, mas ela estava longe, e Durval, líder do acampamento, pediu que todos se sentassem onde estivessem. Queria transmitir algumas informações.

Pessoal, presta atenção. A gente vai chegar daqui a menos de meia hora.

Esperou que a gritaria diminuísse.

Não pode entrar veículo nas proximidades do planalto, mas pedestre pode, o Ibaneis cancelou essa restrição pra gente.

Mais gritos.

Pessoal, pessoal!, concentra, por favor, se não eu não consigo falar!

A gente vai descer a pé. Deve ter alguns PMs escoltando a gente até lá perto, um pessoal da guarda vai deixar a porta do palácio aberta, aí é só entrar.

Que foi Felipe?

A gente pode fazer o que quiser? Tipo, se encontrar o Xandão lá posso dar uma coça nele?

Risos. Durval continua, ainda com o sorriso no rosto.

Acho que todo mundo sonha com isso, né, Felipe?, mas não vai ter ninguém lá. Hoje é domingo, então vai ser só o pessoal da segurança.

A maioria sabia disso, mas alguns murcharam um pouco, e outros pareciam aliviados.

Então pode ficar à vontade, faz o que quiser, não vai ter ninguém lá mesmo...

E não arrisca acontecer nada com a gente, né? Depois de invadir, e tal.

Durval sorri condescendente, como quem acha bonitinha a inocência da pergunta.

Davi, fica tranquilo. Seu tio não é da ativa? O pai do Felipe é capitão, o Adriano mesmo, aqui, é coronel... e eles sabem. A gente sabe que tem um PM ou outro que vai querer ir contra a onda, uns infiltrados, talvez, mas ninguém vai meter bala no sobrinho do chefe. Até a esposa do Villas Boas vai estar lá, acha que alguém quer correr o risco de acertar essa mulher? Fica tranquilo.

Pouco depois, o ônibus parou. Cássio pôs na cintura o frasco de cachaça, e apalpou o canivete no bolso.

Via das dúvidas.

***

Depois de uma vida evitando o transporte público, tantos ônibus em tão poucos dias. Mesmo com o rosto apoiado contra o vidro, Cássio não enxergava o mundo externo, não reconhecia o calor do sol intenso nem registrava os choques leves mas constantes de seu rosto contra o vidro. Revivia mentalmente os últimos acontecimentos, de novo e de novo, procurando um jeito de fazer com que as peças se encaixassem.

Todos tinham descido do ônibus encantados com a quantidade de gente na rodoviária. Um grupo enorme vinha descendo a avenida escoltado pela polícia, e se juntaram a ele. Desceram pela esplanada, quilômetros que, no entusiasmo, pareciam poucos, nem os mais idosos pareciam muito cansados. Subiram a rampa e entraram sem resistência. Não precisaram nem abrir a porta.

E então...

Cássio foi tomado. A decepção, com o tempo, se convertera em medo, mas o medo, num instante, se converteu em violência, numa violência que não era ódio, mas destruição catártica, folia da desforra. Sentia-se como alguém que depois de meses amarrado via seu corpo livre, como se nós houvessem se desatado dentro dele e a realidade, finalmente, fizesse sentido. E o resultado era aquela vontade de destruição. Mas por quê? Descobriria depois que alguns haviam roubado obras de arte, e lhe parecia inacreditável, pessoas sem o compromisso que ele tinha — quem sabe eram os infiltrados de que se falava? Ninguém que estivesse ali com a mesma seriedade, que sentisse aquela liberdade, teria a frieza de pensar em como levar e vender um objeto roubado. A vontade e a permissão para destruir finalmente estavam juntas.

Os estilhaços de vidro se acumularam. Viu alguns homens de pé, mijando em móveis e obras de arte. Com uma cadeira, estilhaçou todos os vidros ainda inteiros à sua frente, ajudou outros a removerem portas de suas dobradiças, virou ao chão obras e mesas, cortou cortinas com o canivete e urrou comemorações ao redor do fogo ateado por outros manifestantes. Abraçou a mulher dos peitos por trás, agarrando um peito em cada mão e apertando forte antes de ser empurrado, gargalhando; aplaudiu a passagem de policiais militares, abraçou manifestantes aleatórios, abraçou Josué, Felipe, Durval, com quem tinha compartilhado o caminho, nos ombros de quem quase chorou. Mas as lágrimas viriam pouco depois: ouviu estampidos. Cheiro de fumaça. Um objeto caiu perto de onde tinham ateado fogo no gramado, e à fumaça escura que subia se misturou outra, esbranquiçada. Cássio observou como se algo sobrenatural, a boca levemente aberta conforme a estranha fumaça se espalhava. Começou a tossir. Seus olhos arderam, vermelhos, lágrimas e mais lágrimas, difícil mantê-los abertos. Puxou a camiseta para cima. A sensação era agoniante e confusa. Via outras granadas caindo ao redor, o gás subindo. Como? Se os policiais prenderiam o grupo que eles mesmos tinham guiado até ali, quem prenderia os policiais? Eram outros? Infiltrados? Prenderiam uns aos outros? Impossível. Cássio corria, transpirando, respirando com dificuldade graças ao gás, à falta de preparo, à energia gasta destruindo o palácio. Viu o choque se aproximando e entrando no prédio quando ainda estava a poucos metros de distância. Chegou a passar perto, mas o ignoraram, continuaram rumo ao palácio. Cássio cobria longos espaços com passos rápidos e largos, intercalando breves explosões de corrida desajeitada. Recolheu do chão uma bandeira do Brasil e tentou enxugar o rosto com ela, mas o tecido era sintético, quase plástico, estava em parte pisoteado e não conseguia dar conforto ao ardor em seus olhos. Tentou voltar para o ônibus, mas havia policiais demais no caminho. Não sabia quanto tinha andado e nem para onde, mas estava cansado. Estava com a mochila nos ombros, então decidiu abandonar o ônibus em que viera e entrar em outro, acompanhando um grupo que tinha escolta policial. Uma hora depois, estava num galpão enorme, impedido de sair pela PF. Havia milhares de pessoas, muitas tão confusas quanto ele. Algumas berravam, ofendiam os policiais, mas eles simplesmente os fecharam no interior do galpão e ficaram do lado de fora, sem responder com palavras ou atos. Ouviu de um desconhecido:

O PT estava mais bem preparado do que a gente pensava.

Confirmou com a cabeça. Só podia ser isso. Subestimaram o inimigo, que agora os executaria.

Ligou para Daniela, sua irmã. Confessou seu medo de ser morto, disse que amava muito a todos eles, segurando as lágrimas no fundo da garganta.

Cássio, eu tô mais preocupada é com a sua cabeça. Não tô nem acreditando que você foi com esse povo praí, quebrar, saquear as obras de arte do pa...

Não Dani, você que não entende, isso era pra ser um movimento pacífico, o pessoal tava era à flor da pele.

Cássio sabia que ele mesmo tinha feito seu estrago, mas será que tantos outros? Tinha ouvido falar em infiltrados. Ele mesmo não era, e verdade que tinha quebrado lá suas coisas, mas não tinha sido tanto assim, certo?, não podia ser tanto quanto tinham noticiado. A maior parte devia ser coisa de infiltrados. Tinha visto Felipe, Josué, Durval quebrando, arrebentando algumas coisas ao redor, mas e se fossem, eles mesmos infiltrados? Hoje em dia não se pode confiar em ninguém. Verdade que eles estavam no acampamento com ele há muito tempo, mas bastava um único espião, um infiltrado que colocasse neles alguma substância, quem sabe, capaz de despertar essa reação violenta. Só podia ser isso: ele não era infiltrado, acreditava que os meninos também não, e nunca fariam uma coisa dessas.

O quebra-quebra foi tudo coisa de infiltrado, Dani, gente do PT ou esses globalistas, eles têm recurso pra isso.

Que globalista, Cássio, para com essa bobagem, acorda! Mas vai falando comigo, me mantém informada.

Vou tentar, Dani. Mas acho que a qualquer momento entra o esquadrão da morte.

Cássio. Isso não é guerra, não vai entrar esquadrão da morte nenhum.

Então por que eles estão mantendo a gente preso nesse galpão?

Por que vocês invadiram um prédio público e quebraram e roubaram do governo, Cássio, o que você achou que ia acontecer?!

Vou avisar à Carolina também. Me mantém informada.

Tá ok. Amo vocês.

Não adiantava falar. Ela não entenderia. Ele já estava fazendo suas orações. Pensou que o deixariam morrer de sede, mas descobriu que havia água lá; pensou que o deixariam morrer de fome, mas chegaram marmitex. Alguns não comeram, mas ele engoliu tudo; se estivesse envenenado faria pouca diferença, e queria manter as forças para lutar pela vida quando eles viessem. Ouviu falar de algumas pessoas mortas, idosos; depois, disseram que era alarme falso, mas ele não acreditou: com certeza falavam isso para encobrir as mortes. Quando o chamaram, percebeu que não estava preparado para a execução e seguiu o agente quase catatônico, mas só fizeram algumas perguntas. Foi encorajado a telefonar e contar à família que seria preso; como Daniela não acreditara na execução que estava por vir, telefonou para Carolina, mas teve medo de ser morto mais cedo caso denunciasse o assassinato na frente dos policiais, e simplesmente colocou uma grande ênfase na palavra ***preso***. Foi mandado para outra parte do galpão. Sem dúvida o separavam de seus conhecidos para que fosse mais fácil eliminá-lo depois. Sem o telefone e a garrafinha de cachaça, se sentia nu e fraco. Pouco depois o colocaram no ônibus em que estava agora. Rumava, diziam, para a Papuda, uma prisão. Seu medo tinha aumentado. Seria torturado antes da execução, só podia ser isso. O sol batia diretamente em seu rosto quando passou pela construção que se aproximava e pelos curiosos que filmavam, mas só saiu de seus devaneios quando o ônibus parou.

pólen bold 90 gr/m2
tipologia garamond
impresso na primavera de 2023